LES CHEFS-D'ŒUVRE INCONNUS

PSAPHION

OU

LA COURTISANE DE SMYRNE

PARIS
Librairie des Bibliophiles
M DCCC LXXXIV

LES CHEFS-D'ŒUVRE INCONNUS

PSAPHION

TIRÉ A TRÈS PETIT NOMBRE

Il a été tiré, en outre, 20 exemplaires sur papier de Chine et 20 sur papier Whatman, avec *double épreuve de la gravure.*

PSAPHION

MEUSNIER DE QUERLON

PSAPHION

OU LA

COURTISANE DE SMYRNE

ET

LES HOMMES DE PROMÉTHÉE

PUBLIÉS PAR

LE BIBLIOPHILE JACOB

Avec une eau-forte par Ad. Lalauze

PARIS

LIBRAIRIE DES BIBLIOPHILES

Rue Saint-Honoré, 338

M DCCC LXXXIV

PRÉFACE

PSAPHION *est, à vrai dire, un petit chef-d'œuvre, et, qui plus est, un chef-d'œuvre tout à fait inconnu. Ce n'est pas le seul du même genre qu'on pourrait faire sortir des œuvres de l'auteur, et surtout de son charmant recueil intitulé :* LES IMPOSTURES INNOCENTES, OU LES OPUSCULES DE M*** (*Magdebourg,* 1761, *petit in-*12). *Cependant cet auteur, qui était certainement le premier critique du XVIII*e *siècle, est aujourd'hui aussi inconnu que son roman de* PSAPHION. *Qui se rappelle, même parmi les lettrés de notre époque de démolition littéraire, qui se rappelle encore le nom de Jean-Gabriel Meusnier de Querlon, né le* 15 *avril* 1702, *à Nantes, et mort à Paris, le* 17 *avril* 1780, *rédacteur, pendant plus de vingt ans, de trois ou quatre journaux de littérature, auteur de différents ouvrages très estimables, et simultanément éditeur, traducteur, commentateur de vingt-cinq à trente vo-*

lumes de poésie ancienne et moderne, d'histoire, d'érudition, de médecine, de voyages et de science ?

Parlons d'abord de PSAPHION *et des* HOMMES DE PROMÉTHÉE, *que nous avons jugés dignes de figurer dans notre collection des* CHEFS-D'ŒUVRE INCONNUS, *et que la plupart des biographes se sont contentés de citer dans les articles biographiques qu'ils ont accordés à l'auteur de tant d'écrits excellents et remarquables. Voici d'abord ce que Meusnier de Querlon en dit lui-même, dans la préface de ses* IMPOSTURES INNOCENTES : « PSAPHION, OU LA COURTISANE DE SMYRNE, *petit roman soi-disant grec, est né à l'occasion que voici : Je lus, il y a quelques années, deux de ces romans prétendus antiques. Ils me parurent ingénieux, mais je n'y trouvai ni* costume, *ni le moindre goût de l'antiquité. Je conclus de là que les auteurs de ces* pastiches *littéraires avaient manqué leur principal objet. Je voulus m'essayer dans le même genre, et cette boutade d'émulation a produit* LA COURTISANE DE SMYRNE *et* LES HOMMES DE PROMÉTHÉE. *Ces deux morceaux furent imprimés, c'est-à-dire défigurés par les imprimeurs, à la fin de* 1747. » *L'édition, pleine de fautes, à laquelle l'auteur semble faire allusion doit être la première, publiée, avec la date de* 1748, *sous ce titre :* PSAPHION, OU LA COURTISANE DE SMYRNE, fragment érotique traduit du grec de M. Mnaséas, sur un manuscrit de la bibliothèque de lord B***, où l'on a joint LES HOMMES DE PROMÉTHÉE

(*Londres, Tomson, 1748, in-12*). *Nous croyons que ces deux pastiches avaient paru, l'année précédente, dans le* JOURNAL ÉTRANGER, *dont Querlon dirigeait alors la rédaction.*

Le petit recueil des IMPOSTURES INNOCENTES, *qui est fort rare, fut sans doute peu répandu lors de sa publication, quoiqu'il eût été imprimé, non à Magdebourg, comme il est dit sur le titre du livre, mais à Paris, en vertu d'un privilège secret obtenu au Bureau de la librairie. Fréron, qui était lié avec son confrère Meusnier de Querlon, a rendu compte de ce recueil, dans l'*ANNÉE LITTÉRAIRE *(tome V de l'année 1761, p. 101 et suiv.), où il témoigne beaucoup d'estime et de sympathie pour l'auteur, qui partageait, en effet, presque toutes ses opinions au double point de vue de la critique morale et de la critique littéraire. Nous allons extraire de cet article le jugement qui concerne* PSAPHION *et* LES HOMMES DE PROMÉTHÉE, *bien que Fréron n'ait fait que reproduire le texte de l'auteur : « L'auteur, dit-il, lut, il y a quelques années, deux de ces romans prétendus antiques ; ils lui parurent ingénieux, mais il n'y trouva ni* costume *ni le moindre goût de l'antiquité. Il conclut de là que les auteurs de ces pastiches littéraires avaient manqué leur principal objet : il voulut donc s'essayer dans ce genre : c'est à cet esprit d'émulation que nous devons* PSAPHION. *Rien de plus agréable que cet opuscule.*

« Psaphion est une courtisane spirituelle, qui fait

elle-même le récit de ses aventures ; c'est ainsi qu'elle nous trace son portrait : « J'avais la taille admirable et la voix jolie. J'appris à chanter, à pincer du luth, à danser, et les meilleurs maîtres de Smyrne s'empressèrent de cultiver mes talents. Mais on eut soin de former mon corps et d'ajouter à la nature tout ce que l'art peut achever. On ne négligea point mon esprit : Cynare s'attacha à l'orner de tous les agréments ; un célèbre sophiste fut chargé de m'apprendre la langue attique, c'est-à-dire de me donner ces douces inflexions, ce sel naïf, ces tons délicats et ces finesses de langage qu'on acquiert difficilement hors d'Athènes. Les tendres poésies de Sapho, les molles élégies d'Antimaque, tous les secrets galants, tous les écrits ingénieux sur l'amour, faisoient mes délices. »

« Avouez que voilà une courtisane bien élevée, reprend Fréron, et qu'elle trouveroit peu d'égales parmi les nôtres. Je n'entrerai point dans le détail de ce roman, qui est plein de ces grâces voluptueuses qui meurent lorsqu'on veut les renfermer dans les bornes d'un extrait... Quelques personnes pourront blâmer dans Psaphion *des peintures lascives ; les Grâces s'y montrent nues, mais qu'on se souvienne que c'est une courtisane qui parle. »*

Fréron n'a pas recherché quels pouvaient être les deux romans prétendus antiques, qui avaient si peu satisfait Meusnier de Querlon qu'il s'essaya dans le même genre, où il n'eut pas de peine à surpasser ses deux modèles. Nous pensons qu'un de ces romans était celui de Dubois, avocat au Parlement, qui publia, en 1732, *l'*HISTOIRE SECRÈTE DES FEMMES GALANTES DE L'ANTIQUITÉ, *en six volumes in*-12. *Cette* HISTOIRE SECRÈTE *méritait peu, en effet, d'éveiller l'attention des lecteurs et des lectrices de romans ; aussi avait-elle passé presque inaperçue, comme le disait cette épigramme de l'abbé Yard :*

Ce livre est l'Histoire secrète,
Si secrète que pour lecteur
Elle n'eut que son imprimeur
Et monsieur Dubois, qui l'a faite.

Cependant elle avait été réimprimée en 1745, *et ce fut cette nouvelle édition qui engagea sans doute Meusnier de Querlon à traiter d'un autre style l'histoire amoureuse de la* COURTISANE DE SMYRNE, *en s'inspirant des* LETTRES D'ALCIPHRON *et des* DIALOGUES DES COURTISANES, *de Lucien.*

Fréron fait également l'éloge des HOMMES DE PROMÉTHÉE, *autre essai de pastiche grec, qui avait déjà été imprimé, ainsi que* PSAPHION, *à la fin de* 1747. *Il cite tout au long la description d'un tableau de Panænus, dans lequel le peintre avait représenté la formation de l'homme et de la femme par Prométhée. « Ce tableau est digne des plus grands maîtres, ajoute-t-il ensuite ; on y retrouve l'Adam et l'Ève de Milton, représentés dans toute leur beauté. Didyme raconte à ses élèves tout ce que la tradition des poètes a pu ajouter à la création de l'homme par Prométhée. Après ce que nous avons de M. de Buffon sur ce sujet, je ne connais rien de si intéressant que les premiers transports qui échappent à l'homme et à la femme, dans cette jolie fiction : leur surprise, leurs discours, ce qu'ils sentent naturellement, tout cela est décrit avec un art infini.* »

Nous ne referons pas ici une notice biographique et surtout bibliographique, qui fasse mieux connaître les immenses travaux de Querlon, lequel rédigea pendant vingt-deux ans les AFFICHES LITTÉRAIRES DE PROVINCE, *pendant cinq ans la* GAZETTE DE FRANCE, *et pendant deux ans le* JOURNAL ÉTRANGER, *en faisant marcher de front ces trois ouvrages périodiques. Nous rapporterons seulement quelques jugements de ses contemporains au sujet de son talent de critique et de sa prodigieuse activité de travail.* « *Il a trouvé moyen, dans ce travail ingrat et si fort au-dessous de lui, dit Palissot dans ses* MÉMOIRES LITTÉRAIRES, *publiés en* 1777, *de donner d'excellentes leçons à la plupart des gens de lettres. Si l'on en détachait presque tous ses articles qui concernent les ouvrages nouveaux, on aurait peut-être le meilleur journal qui ait paru en France.* » *Sabatier de Castres avait dit à peu près la même chose, trois années auparavant, dans ses* TROIS SIÈCLES DE LA LITTÉRATURE FRANÇOISE : « *Après avoir travaillé à différents journaux, il s'est chargé, depuis plusieurs années, de celui qui a pour titre :* ANNONCES ET AFFICHES DE PROVINCE. *Cette feuille périodique est très répandue. Malgré sa brièveté, elle a le mérite d'offrir des analyses exactes et très capables de donner une idée des ouvrages qu'on y annonce. Quelquefois l'auteur en fait sentir les beautés et les défauts, mais toujours avec une habile précision et sans s'écarter des bornes qu'il s'est prescrites. Son style est aisé, nourri, plein de goût, propre enfin à servir de modèle.* »

Un mois après la mort de Meusnier de Querlon, les auteurs du JOURNAL DE PARIS *se plaisaient à rendre hommage à sa mémoire :* « *M. de Querlon, disaient-ils dans le numéro du 21 mai 1780, a été un homme de lettres très recommandable par un jugement sain et des connaissances très étendues... La* FEUILLE DE PROVINCE *eut longtemps un grand succès entre ses mains. On remarquait dans la plupart de ses notices un discernement sûr, de l'équité et un attachement inviolable aux vrais principes. Dans sa jeunesse, il avait publié un petit volume qui a fait regretter à quelques personnes qu'il ne se fût pas adonné davantage aux ouvrages d'imagination. Le titre de ce volume est :* LES IMPOSTURES INNOCENTES. *Ce sont des espèces de romans très ingénieux, écrits d'un style riant et fleuri.* » *Enfin, dans le seizième tome du* NÉCROLOGE DES HOMMES CÉLÈBRES DE FRANCE (1781), *un de ses collègues, peut-*

être Castillon, caractérise en ces termes la variété et la supériorité de son talent de critique et d'écrivain : « M. de Querlon pensait avec plus de finesse que de force; il écrivait avec plus de jugement que de goût, plus de pureté que d'élégance. On verra, dans la liste de ses ouvrages, qu'il savait passer des genres de littérature les plus graves et les plus sérieux aux plus agréables et aux plus riants. On a annoncé, dans le JOURNAL DE PARIS, *qu'il laisse des manuscrits considérables, et que dans ce nombre on distingue l'analyse raisonnée de ses feuilles littéraires pendant vingt-deux ans. Ainsi le vœu de M. Palissot, que nous avons rapporté, se trouve accompli. » Malheureusement, ces manuscrits n'ont pas été conservés.*

P.-L. JACOB, *bibliophile.*

PSAPHION

OU

LA COURTISANE DE SMYRNE

. . . .

. . . .

Tous les principes de conduite que je viens d'établir, aimables *Rhodiennes*, sont les maximes que l'expérience et la connoissance des hommes avoient dictées à Psaphion. Il faut maintenant l'entendre elle-même faire le récit de ses aventures : car c'est elle qui va parler, et je tiens le fidèle dépôt de ses expressions. Ce sont mes tablettes, où, tandis que nous l'écoutions, Damaris et moi, Moschus, que j'avois fait cacher, traçoit rapidement, par mon ordre, toutes les paroles qui sortoient de sa bouche. Psaphion, comme je vous ai dit, étoit à sa toilette, et ses coiffeuses l'environnoient. Elle fit suspendre son ajustement et commença de cette manière.

Ma mère étoit une fort jolie Cypriote, qui fut enlevée jeune par des pirates et vendue pour esclave à Smyrne. Elle fut achetée par Cynare, la plus célèbre courtisane qu'il y eût alors dans l'Ionie, et sa figure adoucit bien la dureté de sa condition. Cynare la mit dans le monde, et Myone (c'est le nom de ma mère) ne tarda pas à donner des marques de fécondité qu'on ne lui demandoit pas. Ma naissance, dont l'origine se confond dans la foule de ses amans, fut un peu précoce et lui coûta la vie. J'étois condamnée, avant que de naître, au sort de ces malheureux enfans, rebut de la nature et de la fortune; mais mon sexe et quelques traits de ma mère, qu'on soupçonnoit plutôt qu'on ne les démêloit, attendrirent Cynare. Elle me fit nourrir par une esclave et se chargea de m'élever. Ses soins généreux ou intéressés furent payés par des progrès étonnans. Ma beauté se développa de bonne heure, et bientôt mon esprit promit encore plus. Je devenois de jour en jour plus chère à Cynare : mes attraits naissans, loin de l'alarmer, lui paroissoient, dans le déclin des siens, une ressource utile, et elle n'épargna rien pour mon éducation. J'avois la taille admirable et la voix jolie; j'appris à chanter, à pincer du luth, à danser, et les meilleurs maîtres de Smyrne s'empressèrent de cultiver mes talens. Mais, si l'on eut soin de former mon corps et d'ajouter à la nature tout ce que l'art peut achever, on ne négligea point mon esprit : Cynare s'attacha surtout, sinon à le rendre solide, du moins à l'orner de tous les agrémens nécessaires à notre profession. Un célèbre sophiste, de la tribu Pandionide, qui se trouvoit à Smyrne, fut chargé de m'apprendre la langue attique, c'est-à-dire de me donner ces douces inflexions, ces tours aisés et délicats et ces finesses de langage, qu'on acquiert difficilement hors d'Athènes. Les tendres poésies de Sapho, les molles élégies d'Antimaque, Bion, Méléagre, Euphorion, tous les poètes galans, tous les écrits ingénieux sur l'amour, faisoient mes délices; et certainement, sans trop me flatter, j'apportois de mon propre fond toutes les ouvertures qu'on peut désirer pour ce genre d'érudition.

Le portrait que je fais ici de moi-même ne vous paroîtra pas fort modeste ; mais, puisque vous exigez, mes enfans, que je vous conte mon histoire, il faut bien que vous me passiez quelque retour de complaisance sur les succès de ma jeunesse. La vanité ne consiste point à se rendre justice. Il est une sorte de confiance qui sied bien aux belles ; et, parce que je ne suis plus ce que j'ai été, dois-je dissimuler aujourd'hui des avantages qui ont fait toute la réputation dont je jouis encore ?

J'entrois dans ma treizième année, quand Cynare, un jour, me tirant à part, me tint ce discours que je n'ai jamais oublié :

« Il est temps, Psaphion, de quitter l'enfance, et de travailler à ton établissement. La beauté ne nous est pas donnée pour nous-mêmes, pour être le stérile objet de notre complaisance et nous attacher seulement à notre miroir : c'est un bien dont nous ne jouissons qu'en l'aliénant, dont nous sommes tout au plus les dépositaires, et dont la propriété appartient aux hommes. Tu leur es donc comptable de ta personne, et tu ne peux de trop bonne heure être utile à tes concitoyens. Toute la ville de Smyrne a les yeux sur toi : la patrie d'Homère est ta conquête, et tu comptes tes adorateurs par le nombre de ses habitans. Les jeunes gens, d'une part, briguent tous l'honneur de dérober tes premiers soupirs, et les vieillards se font une agréable idée de te donner les premières leçons d'amour. Je veux faire acheter cher l'opinion d'un bien dont la seule fragilité fait le prix. Mais, parmi tous ces amans qui t'assiègent, il faut qu'enfin un seul te ravisse cette fleur qui ne souffre point de partage, et je suis indécise sur la préférence. Si j'accorde les prémices de ta beauté aux vœux impatiens de la jeunesse, je crains que tu ne prennes du goût pour celui qui t'ouvrira cette délicieuse carrière, et, dans notre profession, rien de plus funeste qu'un attachement, quel qu'il soit, surtout lorsqu'il est prématuré. Si je te livre à la sensualité d'un vieillard, ce n'est pas te faire entrer agréablement dans le monde. Le pas, ma fille, est délicat : aide-moi dans ce choix important, et d'abord examinons ton cœur. Est-il dans ce parfait équilibre où j'ai tâché de le maintenir ? N'y sens-tu rien, je ne dis pas qui l'entraîne, mais qui l'incline un peu pour quelqu'un? Parle, ne me déguise rien : il y va de ton repos, Psaphion, et de nos intérêts communs. Je vis hier à tes genoux l'athlète Phocas : il n'est pas le plus bel homme de Smyrne, mais enfin, avec sa jeunesse et tout ce que promet sa figure, ces Éthiopiens lavés réussissent où mille blondins se morfondent, et tu me paroissois agitée.

— Moi, émue pour Phocas? lui dis-je. Quelle étrange idée vous avez de moi ! Quand je regardois ce vilain Cyclope, l'or qu'il m'offroit à pleines mains sembloit à mes yeux se changer en plomb.

— Et le plomb du beau Néandre, reprit Cynare, apparemment se change en or : car, quand il est ici, tu ne vois plus personne. Tu sais pourtant qu'il est sans ressource, et tu dois regarder tous ces soupirans qui viennent t'apporter leur bonne mine avec leur inutilité comme ces monnoies légères qui n'ont qu'une belle empreinte, et point de cours dans le commerce. — Néandre, répondis-je, est aimable, et je vous avouerai qu'il m'amuse, mais il ne fait que m'amuser. — C'est là fort souvent le chemin du cœur, répliqua Cynare. Mais je veux qu'il n'ait pas été si loin : est-il possible que, dans la foule de ces jeunes gens qui nous font une cour si brillante, il n'y en ait aucun que tu distingues des autres, et que tu les voies tous du même œil?... Vous hésitez? Ah! vous n'êtes pas sincère. Je vous surprends tous les jours dans des distractions qui décèlent ce que vous voulez en vain me cacher. On ne rêve plus impunément, à votre âge. Vous aimez, Psaphion, malgré tous les soins que j'ai pris pour vous préserver de cette foiblesse, et vous avez l'ingratitude d'user de dissimulation avec moi. »

Si je fus étonnée de la pénétration de Cynare, ses reproches, dont je sentois la justice, me remplirent de confusion. Je fus quelque temps sans lui répondre, et enfin je lui confessai en tremblant que j'aimois Sunnion. C'étoit l'esclave chéri du vieux Thrasibule, dont j'aurai bientôt lieu de parler. Sunnion, originaire de Crète, étoit d'une taille un peu ramassée, mais d'une figure touchante, et dans cet âge heureux qui conserve encore les grâces de l'enfance sous la vigueur de la jeunesse. Cynare pâlit au nom du Crétois, et fut frappée comme d'un coup de foudre. « Quoi! dit-elle, c'est un vil esclave qui a fait éclore l'amour dans un cœur que je prenois plaisir à former moi-même? Quoi! Sunnion est l'objet de vos premiers soupirs? Ah! Psaphion, quelle bassesse! Est-ce là le fruit de mes leçons et des peines que je me suis données pour vous élever le cœur et l'esprit? Cette jeunesse distinguée qui brûle pour vous n'a donc pu vous défendre de Sunnion? »

Ces nouveaux reproches m'accablèrent; je n'avois point de réplique, et je me mis à pleurer. Je lui promis pourtant d'oublier Sunnion, et notre entretien finit là. Je fis effectivement d'assez bonne foi, pendant quelques jours, tout ce que je pus pour m'ôter ce pauvre garçon de la tête. Mais plus je me représentois le malheur de sa condition, plus je trouvois dans ma foiblesse de raisons pour réparer, autant qu'il étoit en moi, l'injustice de la fortune. Je pris donc le parti de suivre un penchant que je ne pouvois plus combattre, et, comme cette douce mélancolie, inséparable de l'amour, avoit à moitié trahi mon secret, j'affectai beaucoup de dégagement. Cynare n'en fut point la dupe :

depuis cette importante découverte, elle ne me perdoit point de vue. Elle craignoit que je ne disposasse, sans son aveu et au préjudice de ses intérêts, d'un bien sur lequel elle croyoit avoir toute sorte de droits, et j'étois extrêmement observée.

Il y avoit tous les jours chez Cynare des soupers délicieux où j'étois admise, et dont j'augmentois l'agrément, soit par les charmes de ma voix que j'accompagnois de mon luth, soit par les grâces de ma danse. Pour la conversation, c'étoit son affaire. Elle savoit animer la table et en assaisonner les plaisirs par les plus aimables folies, que son imagination vive, exercée, badine, produisoit sans jamais s'épuiser. Cynare, avec le rare talent d'être amusante et toujours nouvelle, de mettre partout de l'esprit, sans fatiguer celui des autres, étoit d'une souplesse admirable. Elle saisissoit tous les caractères et s'y conformoit. Elle passoit avec une facilité surprenante de la volupté délicate à l'emportement de la débauche. Elle s'inondoit de vin de Lesbos avec les plus intrépides buveurs, et se réduisoit à l'eau chaude avec les partisans de ce frugal breuvage. Elle mangeoit des oiseaux du Phase avec les sensuels Ioniens, et la sauce noire des Spartiates avec les plus austères convives. Vous l'avez vue fort âgée, Nicarette? Qu'elle étoit encore aimable, malgré ses rides! L'esprit sembloit rajeunir le corps. On aimoit en elle ce qu'elle n'étoit plus, ce qu'on voyoit bien qu'elle avoit été et ce qu'elle étoit encore dans son déclin. La volupté brilloit dans ses yeux et soutenoit toujours leur vivacité : c'étoit l'âme qui la vivifioit. Les traits du temps, sur son visage, étoient comme les ombres d'un tableau, qui n'éteignent certaines parties que pour donner plus de relief à d'autres. Sa vieillesse ressembloit à la fin d'un beau jour, dont la sérénité se répand jusque sur la nuit qui lui succède : elle rappeloit tout l'éclat de sa brillante jeunesse.

Enfin arriva le grand jour, le jour marqué dans le conseil privé de Cynare pour m'initier dans l'art de Laïs. Parmi plus de vingt concurrens qui se disputoient mes premières faveurs, trois rivaux, de conditions différentes, mais très importans, négocioient cette grande affaire, et partageoient la résolution de mon intéressée surveillante. Le fils d'un des principaux magistrats de Smyrne, appelé Théris, étoit le premier sur les rangs. C'étoit le moins riche des trois, mais celui qui pouvoit me donner le plus de considération dans le monde et dont, par rapport à la protection, nous avions aussi le plus de besoin. Le second étoit Thrasibule, opulent vieillard, qui avoit amassé de grandes richesses dans l'administration des biens consacrés aux temples et dans la levée d'un impôt sur les figues de Magnésie.

Le troisième étoit Pammès, fils de Lycortas, qui commandoit les galères de la république. Ce dernier étoit un vrai capitan, qui, peu capable par lui-même de nous faire beaucoup de bien, pouvoit nous faire assez de mal, et qu'il étoit, par cette raison, fort dangereux d'éconduire.

Cynare, incertaine à qui déférer le pas, prit le parti de le donner à tous trois successivement, c'est-à-dire d'en tromper au moins deux. Elle me prit dès le matin en particulier, et, sans me communiquer ses arrangemens, elle me disposa de son mieux à la perte de mon innocence. Il fallut ensuite faire ma toilette et travailler à ma parure. Cynare elle-même y mit la main, et fut plus de deux heures à placer une petite branche de myrte dans mes cheveux. Comme elle étoit fort religieuse, avant que de me mettre entre les mains des hommes, elle crut devoir me mener au temple de Vénus Pandémie, où elle vouloit porter des couronnes de fleurs, et elle m'ordonna de me tenir prête pour partir au retour du bain.

Mais je vois votre curiosité, mes filles : vous êtes en peine de savoir ce que je fis de Sunnion? M'y voici; son triomphe approche. Plus j'avois fait d'efforts sur moi pour le bannir de mon esprit, plus mon goût pour lui s'étoit fortifié. Je le voyois tous les jours passer et repasser devant notre logis ; et, soit pur hasard, soit instinct, je ne manquois point de l'apercevoir, et, par conséquent, d'en être aperçue. Que nos regards étoient éloquens, tendres, expressifs ! Je ne sais qui de nous deux prévint l'autre, mais nous nous comprîmes d'abord. Nous brûlions de nous parler, et jusqu'à ce jour il avoit fallu s'en tenir au langage des yeux. Mais, lorsque je vis mes plus chers appas destinés à être la proie d'un inconnu que je n'aimerois point autant que Sunnion, quand même il eût été plus aimable, je résolus de tenter toutes sortes de moyens pour disposer en sa faveur du seul bien que je pouvois lui donner et que lui envioit la fortune.

Cynare et moi nous allions sortir pour aller au temple. Heureusement, quelques étrangers, arrivés ce jour même à Smyrne, vinrent lui donner de l'occupation au logis et lui firent changer ses dispositions. Elle fut donc obligée de me confier à Praxille. C'étoit une grande fille d'Icarie, dont l'air mélancolique et sérieux en imposoit même à Cynare. Nous l'avions surnommée la *Prêtresse*. Elle étoit d'une grande réserve avec moi, soit qu'elle ne me regardât que comme un enfant incapable de sa confiance, soit qu'elle me considérât comme une rivale prête de la chasser du théâtre. Au travers de toute sa froideur, je lui avois découvert une inclination. Lagus (c'est le nom de son amant) étoit fils d'un marchand de poisson qui demeuroit au bas du Mont-Sypylus, attenant le port. Je ne doutai point que Praxille ne profitât de l'occasion pour se ménager au moins une rencontre avec Lagus, et mon projet fut d'avertir Sunnion de se rencontrer aussi quelque part. Je trouvai le moyen de lui faire tenir un billet, où, sans imaginer seulement à quoi notre entrevue nous pourroit être bonne, je lui marquois toutes les circonstances de la dévotion que nous allions faire.

Nous voilà sorties, Praxille et moi, chacune couverte de notre voile. Praxille, comme je l'avois prévu, prit le chemin du port. Bientôt son amant nous joignit, et j'aperçus presque en même temps Sunnion. Lagus, instruit du sujet de notre course, nous fit entrer, près du Gymnase, chez la bouquetière Vappa. C'étoit une Mégarienne déliée, à qui l'amour, pour récompense de l'avoir bien servi pendant sa jeunesse, avoit conservé le goût du plaisir, non plus pour en donner par elle-même, mais pour s'intéresser à celui des autres. Sunnion nous suivit chez elle, et Praxille, occupée de ses propres affaires, nous laissa toute la liberté que nous désirions. Il étoit question d'avoir un prétexte pour pouvoir être seule avec son amant : elle imagina sur-le-champ je ne sais quelle explication à finir entre eux, et ils passèrent dans une chambre, où je jugeai bien que ma présence étoit inutile. Restés avec la bouquetière, nous nous regardions, Sunnion et moi, sans oser, amans novices, lui proposer ce qu'elle devinoit de reste. Elle nous parcouroit tous les deux depuis la tête jusqu'aux pieds, et nous jetoit de temps en temps des regards malins, qui, après m'avoir déconcertée, m'enhardirent. Je détachai une de mes boucles d'oreilles qu'elle eut la complaisance d'accepter, et je la priai de me rendre le même service qu'à Praxille, c'est-à-dire de me donner aussi les moyens d'entretenir en particulier le beau garçon qui étoit présent et que Praxille n'avoit pas remarqué. La bonne Vappa comprit aussitôt ce qu'elle feignoit d'abord de ne pas entendre, et elle acheva d'héberger les amours. Elle nous mit dans une petite salle, à côté de l'endroit où Praxille venoit d'entrer avec son amant, et d'où nous pouvions entendre leur conversation.

Que vous dirai-je, mes enfans? L'entretien fut court entre Sunnion et moi. Nous étions singulièrement partagés par le plaisir de nous voir, de nous posséder, d'être seuls ensemble, et par le désir pressant d'écouter ce qui se passoit à côté de nous. Grands dieux! que notre Icarienne étoit transportée! Quels soupirs et quels élans frappoient nos oreilles! Autant elle paroissoit indolente, autant dans les combats amoureux elle étoit vive, animée, furieuse. Ma chère compagne, sans le savoir, faisoit découler jusqu'à nous l'irrésistible volupté. On eût dit que, du mur qui nous déroboit la vue de ces tendres athlètes, il transpiroit un feu subtil qui nous pénétroit par degrés. Nous étions agités de tous leurs mouvemens. Notre imagination, vivement remuée par ces accens entrecoupés et ce voluptueux murmure qui sont le langage des âmes, portoit jusqu'à nos cœurs ces douces secousses qui font palpiter les amans. Nos sens, par les impressions du plaisir qu'ils recevoient de toutes parts, étoient comme les cordes d'une lyre qu'on a montée à l'unisson d'un pareil instrument touché par un maître habile. Celle-ci, sous le mobile archet, résonne, enfante des accords ; l'autre, par une correspondance harmonique, rend aussi des sons, et devient l'écho de celle qu'anime une main savante. Bientôt, entraînée par ma propre foiblesse et toute hors de moi, je m'abandonnai dans les bras de mon cher esclave, et je me sentis presser par les siens. Nous tombons sur un tas de fleurs, agréable lice où la plus fragile de toutes, ravie et donnée en même temps, devient le prix d'un combat rempli de douceurs. Là, le vainqueur et le vaincu se confondent, et conspirent mutuellement à leur triomphe et à leur défaite. L'entrée du portique étroit [1] où l'amour a recélé le souverain plaisir est

---

1. Il y a dans le grec : *de l'Antre des Nymphes*. Pour épargner l'érudition, on a fait passer l'explication dans le texte.

gardée par l'ombre de la douleur, comme la rose est défendue par l'épine. Sunnion, que ma docilité rend plus cruel encore, l'impitoyable Sunnion ne respecte plus ma jeunesse; il brise les foibles barrières qu'elle oppose à son courage bouillant. Il m'en coûte, hélas! du sang et des larmes : douces larmes que boivent les amours, précieuses et chères blessures d'où coule un fleuve de délices. Sunnion n'avoit rien d'imposteur : c'étoit Alcide sous les traits d'Hylas. Quatre fois j'expirai sous ses coups; quatre fois je le vis, expirant lui-même, renaître sur le bûcher de ses cendres.

Nous étions dans cette amoureuse extase, dans cette molle et stupide langueur, où, pour trop sentir, on ne sent plus rien; où les amans sont concentrés l'un dans l'autre, et comme dissous par le plaisir; où nos âmes errantes, incertaines, nous laissent dans l'oubli de nous-mêmes et dans une sorte d'anéantissement, quand l'indulgente bouquetière vint nous avertir que Praxille avoit congédié Lagus. Nous quittâmes à regret ce charmant réduit, le berceau de mille amours et d'un million de désirs. Sunnion, en sortant, fut aperçu de Praxille, et le désordre de ma parure acheva de lui faire comprendre ce qui s'étoit passé entre nous. Elle en exigea l'aveu de moi-même, afin d'y apporter le remède. Je crus avoir sur sa discrétion autant de droit qu'elle en avoit sur la mienne.

Elle me fit les réprimandes que ma jeunesse et les circonstances l'autorisoient à me faire; et elle finit par me donner d'utiles avis pour réparer, autant qu'il étoit possible, l'atteinte que mes appas venoient de recevoir. Ensuite elle rajusta mes cheveux ; et, après avoir fait le choix des couronnes que nous devions offrir à Vénus, nous reprîmes le chemin du temple.

De retour au logis de Cynare, où j'étois attendue avec impatience, je sus me composer si bien qu'elle n'aperçut aucun changement en moi. Elle me remit entre les mains de Théris, à qui, par certaines considérations, elle avoit enfin destiné les prémices de mes appas. Nous restâmes enfermés jusqu'à la nuit dans une chambre consacrée aux libres mystères de Vénus et de Cotytto[1], mais qui n'eut pas pour moi les mêmes charmes que le délicieux atelier de la bouquetière. Je pratiquai les leçons de Praxille, et je n'eus pas de peine à tromper l'amour impétueux de Théris et la sécurité de Cynare. Aux amusemens de Vénus on fit succéder ceux de la table; et Théris ne me quitta que le lendemain, plus fatiguée que satisfaite de sa personne.

Que ce Théris, en effet, étoit différent de mon brave Crétois! Figure agréable et trompeuse, il

1. Déesse de la Volupté.

n'avoit que le masque d'un sexe dont il avoit usé sans modération aussitôt qu'il avoit pu le sentir. Théris, avant l'âge viril, avoit presque cessé d'être homme, pour s'être trop hâté de l'être, et sous les traits de la jeunesse avoit déjà tous les symptômes d'une vieillesse anticipée. C'étoit un de ces mauvais ménagers qui, par une folle profusion d'eux-mêmes, ont abusé de la nature, comme d'autres font de la fortune. Ils viennent à nous avec un front couronné des riantes fleurs du printemps, et n'apportent dans le sein des amours que les glaces des languissans hivers : cadavres embaumés, chez qui tout est mort, excepté le goût du plaisir qui les fuit sans cesse, et l'inutile désir, père des regrets.

Deux jours après, le vieux Thrasibule vint, déterminé comme un Argonaute, pour tenter une aventure aussi difficile pour lui que celle de la Toison d'or. Ridicule à force de parure, il étoit farci de parfums, comme un roi d'Égypte que l'on va mettre dans le tombeau de ses aïeux. Il s'étoit fait peindre les sourcils et la barbe; il avoit offert à Vénus cent paires de pigeons pour réussir dans la pénible entreprise qu'il avoit résolu de mettre à fin. Cynare, voyant briller l'or qu'il versoit libéralement pour acheter un bien idéal qui n'étoit plus au pouvoir de la fortune, lui faisoit valoir mon extrême jeunesse. C'étoit, disoit-elle, une tour d'airain, que Thrasibule avoit à forcer; et elle ajoutoit qu'il n'appartenoit qu'à Jupiter et à lui de prendre une forme si capable de vaincre les plus grands obstacles. On le rendit maître de Danaé, et nous fûmes enfermés une partie du jour. Cynare eut soin de me donner des leçons, que Praxille et mon expérience avoient prévenues. Figurez-vous ma contenance entre les bras de mon vieux Tithon. Victime d'un amour mercenaire, il fallut souffrir tout ce que la luxure impuissante inspire d'artifice et d'efforts, à la vue de mille appas livrés à ses fureurs. Tous les miens, étalés sans voile à ses yeux, épuisoient ses désirs en les irritant, et les faisoient sans cesse renaître pour son supplice et pour le mien. Autant ces transports brûlans me glaçoient, autant ma froideur l'enflammoit encore; et tout son feu n'étoit qu'une ardeur de fièvre qui semble ranimer le malade et lui redonner de nouvelles forces, mais qui l'abat bientôt et le plonge dans une foiblesse pire que la première. Enfin, j'eus pitié du bonhomme, et, trompant son amoureux délire par l'idée d'une fausse victoire qui ne coûta rien à mon indolence, il crut avoir fait tous les travaux d'Hercule. Si cette aventure ne m'amusa guère, je m'en divertis bien dans la suite. Je comparois Thrasibule à Théris, et le vieillard de trente ans étoit à mon gré le plus insupportable des deux. La léthargie de Thrasibule étoit dans l'ordre naturel, et je devois bien m'y attendre. Mais quel état désespérant que celui d'un homme qui promet tout et qui ne peut rien ; qui nous montre à chaque instant le plaisir, et qui, comme un adroit faiseur de prestiges, nous l'escamote à chaque instant ; qui nous agite, pour nous laisser consumer notre agitation sans effet ; qui sans cesse allume des feux qu'il ne sauroit jamais éteindre ! Voilà Théris et ma situation avec lui.

Dès le lendemain, Pammès vint trouver Cynare, et me fit l'honneur de me faire entrer dans le plan d'une débauche qu'il vouloit faire, le soir même, avec un de ses amis. Il étoit déjà si plein du vin de Méthymne, dont il promit de nous régaler, que je ne voyois point d'apparence à d'autre entreprise de sa part. Le vin sert quelquefois l'amour, mais il est aussi fort souvent son ennemi le plus déclaré. Après m'avoir enivrée de deux baisers qu'il me donna pour gages de son impatience amoureuse, il sortit pour aller chercher son second, et revint bientôt avec lui. C'étoient deux jeunes gens que le vin, le goût de la débauche et l'inutilité avoient liés depuis deux jours fort étroitement, et qui étoient inséparables, à ce qu'ils croyoient. Ils se connoissoient à peine, et déjà se nommoient entre eux Oreste et Pylade. Oreste (c'est Pammès) se souvint pourtant de faire jurer à Métrodore, qui, dans la chaleur du vin, pouvoit s'oublier, qu'il respecteroit sa maîtresse : ce fut le nom dont il m'honora. Je vous ai dit qui étoit Pammès. Métrodore étoit un aventurier, qui, sans état comme sans pays, subsistoit parmi les jeunes gens de Smyrne, à l'ombre de leur dérèglement. Une débauche de table n'est pas un tableau fort intéressant : abrégeons-le pour changer de scène.

A mesure que les fumées du méthymne derangeoient les idées de Pammès, il devenoit plus traitable sur mon compte ; et déjà Pylade, abusant des droits de l'amitié, au mépris de la foi jurée à son compagnon, attentoit à des biens réservés pour lui. Celui-ci, occupé à louer son vin, ce qu'il faisoit avec beaucoup d'énergie en vidant sa coupe, ne songeoit presque plus à moi, quand, ses yeux troubles et distraits ayant démêlé par hasard Métrodore penché sur moi d'une manière libre, par un excès de générosité, il lui résigna ses droits sur toute ma personne, et m'invita à le traiter comme un autre lui-même. Je ne jugeai point à propos d'entrer dans une liaison si intime, et l'amoureux parasite fut obligé de céder à l'autorité de Cynare. Heureusement, pendant notre altercation, le galant Pammès s'endormit, et ne fut point en état de faire exécuter ce que Métrodore appeloit très disertement *les dernières volontés de son ami*. Ce digne convive prit donc le parti de se venger de mes rebuts sur un flacon d'excellent vin, auquel il transporta ses caresses, jusqu'à ce que le soporatif, fermant ses humides paupières, eût réuni sa destinée à celle de son compagnon. Aussitôt que, par des ronflemens redoublés, nous nous crûmes bien assurées de la tranquillité de nos hôtes, nous leur abandonnâmes le champ de bataille, et nous allâmes nous reposer.

Je nageois dans ce délicieux chaos où un léger assoupissement nous laisse goûter à longs traits le charme qui nous entraîne dans les bras de Morphée, quand nous fûmes éveillées par un bruit affreux. Il venoit justement de la salle, où nous comptions n'avoir laissé que deux cadavres incapables de troubler le repos du monde, et nous y courûmes avec de la lumière. Jamais spectacle plus ridicule et moins divertissant pour nous ne fut plus digne d'exciter en même temps des ris et des larmes.

Pammès, dans le délire orageux d'un songe agité par l'ivresse, s'imaginoit monter un vaisseau battu d'une horrible tempête, et tout près de faire naufrage. Empressé d'ordonner la manœuvre, il précipitoit ses pas chancelans de la poupe à la proue (comme il s'exprimoit), c'est-à-dire d'une extrémité d'une salle à l'autre, et le vertige de sa tête, ébranlant toute la machine, sembloit imprimer au plancher un mouvement de rotation qui rendoit la bourrasque complète. Les emportemens, les cris et les juremens usités parmi les gens de mer achevoient la scène. La dernière ressource des matelots, dans un cas pareil à celui que se représentoit notre officier de galère, est de soulager le navire en jetant sa charge. L'actif somnambule, dont notre présence ne pouvoit dissiper l'illusion, ne tarda pas à s'aviser de ce seul expédient, et, montrant l'exemple à son compagnon, qui composoit toute sa chiourme, il se mit à jeter par les fenêtres tout ce qu'il rencontroit de meubles et d'ustensiles. Pendant toutes ces extravagances qu'il faisoit de la meilleure foi du monde, Métrodore, dont je remarquois bien la malice, feignoit les mêmes disparates et enchérissoit encore sur lui. Enfin, à force de soulager le vaisseau, ils eurent bientôt nettoyé la salle. Seules, à la merci de ces forcenés, nous eûmes peur qu'ils ne voulussent, pour éclaircir aussi l'équipage, nous faire prendre le même chemin qu'aux meubles, et nous fîmes une prompte retraite. Tel fut le dénouement de cette agréable fête.

Bientôt le bruit courut dans la ville que l'élève de Cynare, âgée de treize ans, avoit fait ses premières armes, et nos dupes ne manquèrent point de s'en donner tous trois l'honneur. Notre porte, en conséquence, fut décorée pendant plusieurs jours de couronnes et de guirlandes de fleurs, et tous les musiciens de Smyrne furent employés à célébrer ce glorieux exploit. Je contai, dans la nuit, à Cynare mon aventure avec Sunnion. Elle essaya de me persuader que j'avois fait absolument un marché de dupe en gratifiant un simple esclave d'un bien dont j'avois frustré des amans utiles et d'une condition digne de mes charmes. Nous traitâmes alors la question agitée chez Théodote à Athènes, savoir : quel est l'instant le plus délicieux, ou celui qui nous fait goûter pour la première fois le plaisir, ou celui qui dans l'habitude du plaisir nous unit au premier objet qui nous a véritablement touchées. On suppose que nous n'aimons qu'une fois; qu'une véritable inclination épuise cette extrême sensibilité qui ne dépend jamais de nous; qu'après cela toute la passion que nous croyons sentir n'est plus dans le cœur; que c'est uniquement le goût du plaisir, goût libre et qui n'est non plus l'amour que l'appétit n'est le besoin.

La qualité de nos amans fait souvent toute notre réputation. Pour moi, je n'eus qu'à me montrer pour établir ou pour assurer la mienne. On me nomma *la Vénus de Smyrne,* et notre logis fut plus fréquenté que le temple de la déesse. Les poètes remplirent leurs vers de mon nom, et le firent voler par toute la Grèce. Que de combats nocturnes donnés pour moi! Que de fois nos portes furent enfoncées par une pétulante jeunesse, empressée de m'offrir ses vœux et son or! Je faisois couler ce divin métal dans les avides mains de Cynare, comme il roule dans les flots de l'Hermus. Il seroit trop long de vous raconter toutes mes aventures : je veux donc me borner à celles qui peuvent servir à votre instruction, et, comme les poètes ont fait dans l'histoire des héroïnes de l'antiquité, je choisirai quelques incidens de ma vie pour vous laisser un fidèle portrait de mon génie et de ma personne.

Il en est de la galanterie dans les femmes comme de la bravoure dans les hommes : c'est la voie la plus sûre pour se faire un nom et pour parvenir à l'immortalité. Toute l'antiquité ne nous entretient que des héros qui ont été la terreur du monde et des belles qui en ont fait les délices.

La beauté n'est donc pas faite pour être obscure, ni pour se fixer solitairement aux regards dédaigneux d'un seul homme, à qui la possession rend tout insipide. Une belle est, dans la société, un ornement placé, comme le soleil, pour égayer par son éclat ou pour échauffer tout ce qui l'environne. Une jolie femme doit regarder tous les hommes comme sa conquête; et notre métier à nous est de vivre avec eux comme en pays ennemi. Née dans la plus vile condition, avec quelques charmes et avec beaucoup de disposition pour les faire valoir, j'ai compris de bonne heure que ces avantages m'avoient été donnés par la nature comme un dédommagement de la fortune et pour m'aider à la corriger. Un peu de figure, assez d'art et plus de conduite encore que d'ambition, c'est tout ce qu'il faut pour se faire une condition des plus agréables. J'avoue que nous sommes en butte aux contradictions des deux sexes; mais à quoi dans le fond se réduisent-elles ?

Les femmes, en général, ou nous plaignent ou sont déchaînées contre notre espèce. Celles qui marquent le plus d'acharnement contre nous le font par un intérêt caché ou par pure envie, le plus souvent par ces deux motifs. Elles ont, en effet, beaucoup d'intérêt à s'élever contre les plaisirs faciles, puisqu'ils leur dérobent bien des amans; et puis elles se vengent par là de la triste régularité dont elles portent impatiemment le poids. Il faut bien qu'elles s'en prennent à nous de leur indigence. Ce sont des cyniques affamés qui crient contre la bonne chère.

Celles qu'une vie moins austère rend plus commodes nous regardent seulement en pitié et nous plaignent d'être incapables de leurs plaisirs. Elles prétendent que les sens tout seuls n'en goûtent que de bien imparfaits; elles veulent que le cœur soit de la partie; elles s'imaginent bien, d'ailleurs, que l'habitude émousse le sentiment. En cela pourtant, comme en mille choses, l'expérience est pour et contre. Un peu moins de sensibilité n'ôte pas le goût du plaisir, et fait sûrement notre bonheur. Cette disposition ne nous laisse qu'une volupté plus solide, et nous épargne autant de peines qu'elle semble nous dérober d'agrémens. Si l'amour n'assaisonne pas nos plaisirs, nous sommes bien dédommagées de la vivacité qui leur manque par le calme heureux de nos sens; et ce que nous perdons de leur pointe est compensé par leur abondance. La nature, au surplus, ne perd pas ses droits, et le tempérament, sans doute, a les siens. J'ai fait cette observation sur moi-même : plus je me suis détachée des hommes, plus j'ai pris de goût pour mon métier; et, quand je suis parvenue à n'aimer plus rien, ce que je dissipois en tendresse a tourné au profit de ma complexion.

Les hommes, plus indulgens pour nous parce qu'ils nous font ce que nous sommes, nous plaignent plus qu'ils ne nous maltraitent; du moins, ils se contentent de nous mépriser, et que souvent ces mépris sont rachetés cher! Voulez-vous voir comme ces ingrats se représentent notre condition? Nous sommes, à ce qu'ils prétendent, des victimes dévouées à la brutalité, au caprice et à la tyrannie de leur sexe. Un amant qui paye achète le droit de nous faire sentir ses dédains, même au milieu de ses caresses; de mêler les rebuts aux désirs, et l'outrage à la plus ardente passion. La débauche ou le besoin l'amène, et il ne nous quitte guère sans repentir. Il sait qu'il fait seul tous les frais d'un plaisir que nous partageons rarement; il sort d'entre nos bras, comme il sort de table, rassasié de nos faveurs, et prêt à fouler aux pieds un mets insipide, qui, en lui ôtant tout au plus sa faim, a fait succéder le dégoût.

Je m'écrierois ici volontiers, comme le lion des Fables en voyant la peinture d'un de ses semblables qu'un homme tenoit abattu sous lui : *Oh! si nous autres nous savions peindre!*... Que nous humilierions nos tyrans! Les pauvres dupes nous regardent comme les vils objets de leur passe-temps, et ne voient pas qu'ils sont eux-mêmes les ministres de nos besoins ou de nos plaisirs. S'ils nous croient dignes de leurs mépris, ils méritent bien autant les nôtres; et n'en sommes-nous pas vengées par le ridicule tribut que vient nous payer tous les jours ou leur foiblesse ou leur folie? S'ils nous montrent de la répugnance, nous leur rendons bien dégoût pour dégoût; ils doivent s'en apercevoir. Nous ne leur abandonnons souvent qu'une statue; et, tandis qu'enflammés par leurs propres désirs ils se consument sur des appas insensibles, notre tranquille froideur jouit à loisir de toute leur sensibilité. C'est dans ce moment, qui égale le plus fier satrape au dernier citoyen de la république, que nous reprenons sur eux tous nos droits. Une petite chaleur de sang renverse à nos pieds ces superbes, et nous rend maîtresses de leur sort. Un regard confond leur orgueil; un souris égare leur raison. Or, de quel côté, je vous prie, est donc l'avantage? Où est ici le lion, où est l'homme? Jugez, par cette petite incursion faite en passant sur l'ennemi, jusqu'où nous pourrions le pousser. Mais tous les hommes ne sont pas si injustes à notre égard. Tournez le tableau, vous verrez l'utile établissement de Solon dans un autre jour.

Là, disent nos graves partisans, l'homme le plus indécis ou le plus volage peut donner carrière à son inconstance : tous ses goûts sont satisfaits successivement. Attraits précoces, beautés mûries par l'expérience ou par les années, blondes attendrissantes, amusantes brunes; les objets passagers de l'amour vénal, dans les ateliers de Vénus, sont aussi variés que les caprices humains. Les voulez-vous parés comme Junon, ou dans le déshabillé des Grâces? On prend, à votre gré, ces différentes formes. Il ne faut ni stratagème ni violence pour s'introduire chez ces belles. Leur maison, ennemie de la solitude, n'est fermée qu'à l'indigence ou à l'avarice. Vous êtes sûr en tout temps d'être bien reçu. On vous prévient même, on fait les avances et on vous rend avec profusion les soins et les agaceries que vous perdez si souvent ailleurs. Point d'épouses, de mères ou de surveillans, qui vous obsèdent et qui vous gênent. Tout vous rit, tout vous tend les bras. Votre maîtresse vous attend pour se donner à vous sans réserve, et tous vos momens sont les siens. Vous n'avez point à ménager ces bizarres accès de foiblesse, ces capricieux retours de fragilité, qu'on vous met souvent à si haut prix! Toute heure est celle du berger. Il n'est point question d'éviter ces délicats momens de surprise, qui sont punis par certaines femmes aussi sévèrement que l'indiscrétion ; ici, vous n'avez jamais mal pris votre temps. On ne vous fait point essuyer ni ces politiques longueurs, qui, dans une affaire réglée, prennent le nom d'épreuves; ni ces incommodes préliminaires, qu'une femme d'un ordre un peu différent veut toujours donner à la dignité du sacrifice qu'elle vous surfait ou à l'intérêt de ses charmes, dont il faut assurer le pouvoir. On n'avance pas pour reculer; on ne vous fuit point, pour vous donner la peine de courir, pour vous faire arracher des faveurs qu'on brûle de vous accorder. L'artifice des sentimens et le mystère sont inconnus. On peut vous farder le visage, mais vous n'êtes jamais la dupe du cœur. Petits soins, assiduités, fadeurs, mélange ennuyeux qui filez les jours des frivoles amans, vous n'êtes d'aucun usage à Corinthe. Refroidissemens, dépits, procédés, ruptures, explications, raccommodemens, consumez les jours de l'oisive et folle jeunesse, mais n'occupez jamais les hommes pressés de vivre. De si courts plaisirs, achetés au prix d'un temps qui fuit sans retour, coûtent toujours trop. Ici, paroissez, choisissez ! Votre conquête est faite, la victime est prête, et le plus léger désir est à peine l'intervalle de votre bonheur. Voilà l'idée qu'ont de nous des hommes un peu plus raisonnables au moins que les autres.

Mais avons-nous besoins d'apologie? Si toujours un sexe est l'excuse de l'autre, le goût des hommes parle assez pour nous ; reposons-nous sur leur foiblesse du soin de nous justifier. Vous savez l'inscription qu'un fameux cynique vouloit qu'on mît au bas d'une statue d'or que Phryné fit porter au temple de Delphes. Elle faisoit considérer ce riche présent moins comme un don religieux de cette aimable Athénienne que comme un monument public de l'incontinence des Grecs. C'étoient eux qui proprement faisoient cette offrande par les mains de la courtisane. Nous sommes la statue de Phryné, au métal près, dont la fortune fait entre nous la différence ; et les hommes, qui font à coup sûr les frais de la matière et de la façon, n'autorisent que trop leur ouvrage.

Ce petit chapitre sur notre profession m'a un peu écartée : je reprends mon histoire.

Vous n'imagineriez jamais que mon aventure avec Sunnion, ce Crétois que je vous ai dépeint si charmant, se fût terminée à notre entrevue chez Vappa. Les plaisirs dont j'y fis l'essai furent un vif aiguillon pour tous ceux qui vinrent s'offrir, et Sunnion, à qui j'en devois l'aimable expérience, fut effacé de mon esprit comme un songe. Je ne connus les délices dont j'étois capable que pour payer d'un parfait oubli l'instrument de cette connoissance. Quand je voulus, quelques jours après, examiner mon cœur, je n'y trouvai plus aucune trace de l'inclination que j'y cherchois. L'image de la volupté, le goût du plaisir, le remplissoient seuls : c'étoit le plaisir qui m'avoit séduite sous la figure de Sunnion, et ce que j'avois pris pour amour n'étoit que le *besoin d'aimer*. Qu'avec un cœur comme celui-là je devois être heureuse! Hélas! le moment n'étoit pas venu. Vous m'allez voir expier mon ingratitude par des foiblesses dont je rougis, mais dont nous ne sommes pas plus exemptes que les femmes qui servent l'amour pour lui-même.

Micile, fils d'un riche marchand de Bithynie, et, à l'âge de vingt-trois ans, maître d'un patrimoine immense, vint, pour son malheur et le mien, à Smyrne. Il étoit bien fait et d'une figure à pouvoir se passer de tant de fortune. C'étoit la curiosité de voir la plus belle ville de l'Ionie qui l'avoit conduit à Smyrne, et quelques affaires de commerce servoient de prétexte au voyage. Aussitôt que le jeune Bithynien eut pris langue, il suivit l'usage des étrangers : il ne manqua pas de se mettre entre les mains de ces complaisans d'office qui s'emparent des nouveaux venus pour faire, aux dépens de leur bourse, les honneurs de toute une ville, c'est-à-dire pour être leurs guides ou leurs corrupteurs. Bientôt il me fut amené par un de ces aventuriers, et d'abord il prit un goût étonnant pour moi. Micile étoit comme tous les jeunes gens qui, dispensés d'être les artisans de leur fortune, n'ont qu'à jouir des biens dont un père avare semble s'être exprès refusé l'usage pour faire d'illustres dissipateurs. Micile avoit déjà par lui-même les plus heureuses dispositions pour la dépense et pour le faste. Dès le lendemain, le marchand de pourpre, celui de bijoux et de pierreries, en un mot tous les ouvriers qui servent à la parure et au luxe, furent à ses ordres. Deux jours après, on m'annonça sa visite, et il fit précéder sa marche par des présens dignes d'honorer la magnificence d'un souverain. Les guerriers subalternes et les vulgaires amans peuvent se morfondre aux pieds des belles et devant les places; les enfans de Mars et ceux de Plutus brusquent leurs conquêtes; Micile, à la troisième entrevue, déclara que j'étois à lui. Tous les amans qui m'environnoient respectèrent son opulence et ses profusions : on lui abandonna ma personne, il en prit possession dans les formes, et notre union, devenue publique, fut célébrée avec un éclat extraordinaire. J'avois passé si rapidement d'une fortune assez médiocre à l'état le plus brillant où jamais se soit vue Laïs ou Phryné, que je n'avois pas eu le temps de faire aucun retour sur moi-même. Tous mes jours étoient des jours de fête, et les plaisirs, qui se succédoient sans relâche, ne me laissoient pas même d'intervalle pour former le moindre désir. Comment aurois-je fait des réflexions? Deux mois s'écoulèrent comme deux jours, dans ce vertige de fortune. Revenue de mon premier étourdissement, je voulus me demander compte de mes sentimens pour Micile. Je croyois l'aimer, et je me trouvai le cœur plus vide qu'auparavant. Je commençai même à m'apercevoir de ma solitude. Je regrettois cette foule d'amans qui venoient payer chaque jour à mes charmes un nouveau tribut. Je m'imaginois être dans les chaînes de ce bizarre engagement où la nécessité de s'aimer (je veux dire de vivre ensemble comme si on s'aimoit) produit nécessairement le contraire. En effet, avant que Micile se fût approprié ma personne, avant qu'il fût venu déranger un genre de vie dont la liberté fait toute la douceur, je ne connoissois point l'ennui. Les petites vicissitudes attachées à notre condition me faisoient même sentir le prix d'un beau jour. Je jouissois avec plus de goût du bien qui s'offroit. Aussitôt qu'une heureuse abondance, mais dont le sentiment n'étoit réveillé par aucune alternative, ne me laissa plus rien à désirer, je n'eus plus de plaisirs. Ceux de la bonne chère et ceux que le luxe inventa pour notre inutilité, les jeux, les fêtes, tout m'ennuyoit, tout m'étoit devenu insipide. J'étois dans l'état le plus fortuné, mais je trouvois ce bonheur bien triste quand je venois à considérer qu'il ne tenoit qu'à un seul homme, à qui j'avois tout sacrifié. Eh! pouvois-je être dédommagée par la frivole satisfaction d'éblouir les yeux jaloux de mille rivales, en un mot par le seul plaisir du spectacle de tous ceux que j'avois perdus? Ce dernier, sans doute, est le plus touchant pour la vanité d'une femme, mais le bonheur d'être enviée ne remplit pas le cœur. L'amour-propre a beau nous l'exagérer, je ne sais rien de si faux qu'un bien qui dépend de l'opinion d'autrui. Ainsi, au milieu des délices et dans le sein de l'opulence, l'invincible goût de la liberté m'arrachoit encore des soupirs.

Pour le tendre et somptueux Micile, son attachement et ses profusions n'avoient plus de bornes. On eût dit qu'il n'étoit occupé qu'à se surfaire ma possession, et que plus il acquéroit de droits sur ma personne, plus elle augmentoit de prix à ses yeux. Ah! si j'avois su du moins profiter de son aveuglement et de mon bonheur! Il se ruinoit par une foiblesse supérieure à tous les raisonnemens, et moi, plus inconsidérée encore que lui, j'aidois, sans réflexion, sans aucun dessein, à précipiter sa ruine. Je ne voyois que le présent, ma vue n'alloit jamais au delà, et je disputois de dissipation avec lui. Je répandois avec la même fureur ce qu'une main prodigue versoit dans la mienne, et tous deux nous aurions tari un fleuve d'or. Un an d'ivresse et d'enchantement mit fin au plus beau songe du monde. Micile étoit enfin parvenu à consommer jusqu'à la dernière drachme. Plus son père avoit pris de soin pour rendre sa fortune solide, plus il sembloit s'être appliqué à sa destruction. C'étoit comme un édifice bien cimenté qu'on sape par les fondemens, et qui, rapide dans sa chute, s'écroule à la fois de tous les côtés. Engagemens, aliénations, emprunts usuraires, tous les expédiens que le luxe, la prodigalité, la débauche, la mauvaise administration, peut-être encore plus dangereuse, employèrent jamais pour engloutir les plus riches patrimoines, avoient été mis en usage: Micile avoit épuisé toutes les ressources. Dans cette affreuse extrémité, il s'attendoit au sort de tous ses semblables, c'est-à-dire à être congédié. Peut-être aurois-je dû le faire, et n'y avoit-il point tant d'injustice au moins dans les maximes du monde ; mais je n'en eus pas même la pensée. Eh! comment payer tant d'amour d'une pareille ingratitude? Micile ne regrettoit sa fortune que parce qu'il n'avoit plus rien à me donner, et m'en auroit sacrifié mille comme la première. Sa propre misère ne le touchoit point; il ne sentoit dans son malheur que celui de ma perte qui lui paroissoit inévitable, et c'étoit pour lui le plus grand de tous. Ce n'est pas ce qu'il me disoit. Qui n'en auroit pu dire autant? C'est ce que je lisois au fond de son âme; c'est ce que je voyois clairement moi-même dans un cœur trop bien éprouvé pour me méprendre à ses mouvemens. Et dans quel temps encore alloit-il me perdre? Lorsqu'il ne pouvoit plus vivre sans moi et qu'il avoit lieu de se croire aimé. Ce que je sentois alors pour lui n'étoit pourtant point encore de l'amour : c'étoit tantôt la reconnoissance et l'estime ensemble, tantôt c'étoit la seule pitié. Quand je vis qu'il méditoit sa retraite, je crus lui devoir, à mon tour, le sacrifice de ses propres dépouilles. Je vendis, pour le soutenir au moins quelque temps, meubles, pierreries, bijoux, tout ce qui me restoit des débris de notre fortune. Je fis même équiper un vaisseau pour tâcher de la rétablir. Il périt malheureusement, et cette perte me réduisit moi-même à la dernière indigence. Ce fut alors que ma propre misère m'attendrit encore plus sur la sienne. Je me sentis attachée à lui par des liens plus forts que ceux de la simple pitié. Elle s'étoit changée en amour, et que je l'aimois, sans le savoir! Mais, comme avec les plus beaux feux du monde on ne vit point de sermens, il fallut chercher les moyens de donner au nôtre une subsistance plus solide. J'avois ma ressource toute prête, et c'étoit là ce qui désespéroit le pauvre Micile. Si l'idée du moindre partage étoit pour lui un coup de poignard, comment soutenir la vue de mille rivaux? La nécessité m'obligea de vaincre ses répugnances et les miennes : je repris mon rang dans la société, et, dès qu'on me vit reparoître, les amours effarouchés revinrent au nid. Mais, s'il se présentoit quatre amans, l'ombre de Micile en écartoit trois. Il s'aperçut bientôt du tort que ses assiduités me faisoient et que je m'efforçois de lui cacher. Il prit une résolution généreuse et dont il étoit seul capable : ce fut de sacrifier son amour, l'unique bien qui lui restoit, et qui ne dépendoit plus du sort, au bien de mes affaires et à mon repos. Que de combats, quels déchiremens il dut éprouver, avant que de se résoudre à ce sacrifice! Je juge de son cœur par le mien, et je sais ce que me coûta notre séparation. Mais, l'infortuné! quel temps il prit pour exécuter son cruel dessein! Hélas! il ne tenoit qu'à lui d'être heureux : il étoit sincèrement aimé ; je ressentois plus de satisfaction à lui rendre une partie de ses bienfaits que je n'en avois eu à les recevoir; c'étoit pour mon cœur un plaisir touchant, qui me le rendoit lui-même plus cher. Son mauvais destin, en me l'arrachant, vint mettre le comble à son malheur. Il s'embarqua secrètement pour Alexandrie, où je sus qu'il fut obligé de se mettre au service d'un ancien facteur de son père. Que devins-je, dieux! quand j'appris le départ ou la fuite de mon amant! Quelle fut ma douleur et ma rage! Je l'appelai cent fois barbare; je le chargeai de tous les noms odieux qu'on donne aux perfides; je voulus, dans mon désespoir, courir après le fugitif, et je me disposois à monter dans le premier vaisseau qui lèveroit l'ancre, quand l'amour, pour m'enchaîner à Smyrne, détruisit mes projets par une diversion qui fit échouer toute ma constance.

L'avare et riche Palestre, vieille courtisane, que nous appelions l'*Époque*, étoit folle d'un jeune Lesbien, dont la bonne mine étoit tout le patrimoine. Ajax (c'est le nom que se donnoit cet aventurier) étoit venu, comme bien d'autres, chercher à Smyrne une fortune qu'on trouve partout lorsqu'on n'est pas fait pour elle. L'Ajax de Lesbos avoit véritablement la taille héroïque, c'est-à-dire très avantageuse. Pour l'air et les traits du visage, c'étoit (comme on en voit tous les jours) de ces figures de fantaisie qui plaisent ou déplaisent, selon les gens. Palestre en fit la connoissance à la promenade du Portique; elle en devint éperdument amoureuse, et, ayant appris qu'il étoit un peu embarrassé de sa contenance, elle lui proposa de vivre avec elle. Ajax, qui ne tenoit à rien, accepta ses offres. L'intérêt le fit passer sur tous les dégoûts que Palestre ajoutoit à ceux de la vieillesse: car, outre la laideur dont la nature l'avoit libéralement pourvue, elle étoit d'une extrême malpropreté. Cette négligence, que les deux sexes ne se pardonnent point l'un à l'autre, est inséparable de la lésine et sa plus fidèle compagne. Je crois même que l'avarice suffit toute seule pour enlaidir. Palestre l'avoit toute sa vie portée à l'excès; mais l'amour, qui sait amollir l'airain, força ses mains de fer à s'ouvrir pour un autre intérêt que pour la rapine. Elle fit voir le jour à des monceaux d'or et d'argent presque aussi vieux qu'elle, et le noble fils de Télamon sut en faire un meilleur usage. On ne parloit que de l'amant de Palestre, et on disoit publiquement que la doyenne de Cythère ne faisoit que restituer à l'Amour les larcins qu'elle avoit faits à Vénus. Nous nous vîmes, Ajax et moi, dans une fête que donnoit Cléidie le jour de sa naissance. Il me parut très propre à me consoler de Micile, et, de mon côté, je lui plus beaucoup. Nos yeux se dirent en très peu de temps une infinité de choses qu'il fallut s'expliquer. Nous cherchions le moment d'être seuls, et, quand on est deux à chercher ces momens si chers, on ne tarde pas à les trouver. Ajax n'eut pas de peine à me persuader que j'allois lui rendre Palestre plus insupportable : nous prîmes des mesures pour lui cacher un attachement dont elle alloit augmenter les charmes, et mille baisers furent le gage d'un amour qui, dès sa naissance, fit les plus rapides progrès. Depuis ce jour, nous n'en passions aucun sans nous voir, et nous nous quittions toujours plus épris, toujours plus enchantés l'un de l'autre. La dernière fois qu'on s'étoit vu étoit encore un nouvel attrait pour se revoir avec plus de goût.

Vous devez être un peu surprises de la facilité avec laquelle j'oubliai Micile et je m'enflammai pour Ajax; je ne l'ai jamais bien compris moi-même. Je pourrois la rejeter sur ces sympathies dont on raconte tant de merveilles, ou la donner pour un de ces grands coups de théâtre dont sont remplies les *Milésiaques ;* mais je crois qu'il faut l'expliquer par les seuls ressorts naturels. Micile avoit fait naître l'amour dans un cœur où la volupté avoit toujours usurpé sa place. Comme une masse de cire qu'un artisan amollit à force de la manier et qu'il rend propre à recevoir toutes sortes d'empreintes, mon cœur, amené peu à peu à ce degré de sensibilité qui nous rend si foibles, étoit sans défense ou n'étoit défendu que par l'idée de Micile. Cet amant me réduit à pleurer sa perte :

il fuit, il trompe mon amour ; un autre objet vient lui servir d'aliment ; il entre dans un cœur ouvert à toutes les impressions tendres. Micile et Ajax se confondent, mon cœur ne les distingue plus. Il n'a point changé pour Micile ; c'est tout au plus une autre image qui le trouve disposé à la recevoir et qui s'imprime sur la première. Voilà la coquetterie plâtrée bien ou mal. Essayons de sauver l'inconstance.

J'ai connu un curieux de tableaux qui avoit voué toute sa passion aux seuls ouvrages d'Euphranor. Un morceau de Parrhasius le détacha de ce premier maître, et le fixa, pendant quelque temps, pour le rival de Zeuxis. Enfin un tableau de Timante, dont notre amateur fut épris, le rendit encore infidèle aux grâces du pinceau de Parrhasius. Accusera-t-on de légèreté un homme dont le goût si constant pour un art qui faisoit ses délices ne faisoit changer que de genre, et qui, fidèle à sa passion, se laissoit entraîner seulement par celui qui le séduisoit le dernier? Ceux à qui le nom d'inconstans se donne aujourd'hui parmi les deux sexes le sont à la manière de ce curieux. Mais n'autorisons point l'inconstance : nous avons encore plus d'intérêt que les hommes à la décrier, et il vaut mieux en être coupable que de chercher à lui prêter des couleurs. Je reviens sans cérémonie, comme on fait après un écart poétique.

Palestre étoit trop clairvoyante pour être longtemps à s'apercevoir de notre liaison; mais, rassurée par le besoin qu'Ajax avoit d'elle et par l'indigence où je me trouvois, elle n'en fut point alarmée et se contenta d'éclairer toutes nos démarches. Cet assaisonnement, qui manquoit aux douceurs de notre intelligence, leur donna une nouvelle pointe. Une rivale à tromper presque sous ses yeux, un objet odieux à sacrifier : que d'attraits pour des amans bien unis! Palestre, en nous gênant un peu, ne fit donc qu'attiser le feu qu'elle vouloit éteindre, et j'éprouvai pour la première fois de ma vie ce délicieux sentiment, ce concert des cœurs, qu'on appelle *amour pour amour*.

Que cet état est différent de tous ceux par où j'avois passé jusqu'alors, et que je connoissois peu les délices réservées aux véritables amans! Si mes sens n'avoient que trop goûté toutes celles dont ils sont capables, ils ne m'avoient rien fait éprouver au delà du voluptueux instant qui commence et finit leur félicité. Mais que de ressources pour ceux qui s'aiment! Que de plaisirs précèdent encore et suivent le dernier plaisir! Ah! quand la source en est dans le cœur, celui-ci nous égale aux dieux. Nous sortons, dans ce moment, de nous-mêmes; nos âmes, en s'attirant, semblent s'épancher et s'écouler par tous nos sens; elles s'exhalent comme une douce essence, et nous en conservons le goût. De là ce charme inexprimable attaché pour les seuls amans à mille choses qui ne touchent qu'eux. Le nom de l'objet chéri, l'ombre de ses pas, l'air qu'il respire, tout a pour eux un sentiment particulier qu'on pourroit mettre au rang des vertus occultes. On diroit qu'ils ont d'autres sens, ou un sens de plus que les autres hommes. L'Amour leur détrempe de son nectar les plus insipides objets, et verse une infinité de douceurs sur toutes les circonstances de leur vie. Éloigné de ce qu'on aime, on le voit partout, on ne voit que lui : son image nous remplit, nous occupe et nourrit délicieusement nos désirs. D'agréables rêveries nous rendent les plaisirs que nous avons goûtés, et nous font anticiper ceux qui nous attendent.

Quoique Palestre, de jour en jour, parût plus entêtée d'Ajax, elle auroit pu par économie s'accommoder d'une rivale, si l'inégalité du partage n'eût réveillé sa jalousie. Elle crut, dans le commencement, que, pour me l'enlever, il ne s'agissoit avec lui que du plus ou du moins, et elle alla presque jusqu'à la profusion.

Mais, quand elle vit que ce moyen, loin de réussir, tournoit encore à mon avantage, son expérience lui suggéra un expédient abominable. Elle mit à prix les complaisances d'Ajax; elle évalua toutes ses libéralités, et elle sut les taxer de façon qu'il étoit obligé de les acheter aux dépens de mes plus chers intérêts. Je frémis en apprenant des conditions si dures, mais il fallut en passer par là. J'étois d'autant moins en état de dédommager mon amant qu'il m'en avoit lui-même ôté le pouvoir. Ses assiduités avoient fait fuir pour la seconde fois l'essaim des amours qui pourvoyoient à mes besoins, et mon extrême attachement m'empêchoit de faire un pas pour les rappeler. Je ne pouvois plus regarder qu'Ajax : tout ce qui se présentoit sous le nom d'amant m'étoit odieux. « L'amour, dit la docte Tellesille, est souvent une passion solitaire qui se tourne en misanthropie pour tous les objets étrangers au nôtre. » Autant j'avois de répugnance à céder mes droits sur Ajax, autant j'eus de peine à le résoudre lui-même au sacrifice qu'exigeoit Palestre. Mais nous n'avions que cette ressource : Palestre le mettoit à portée de me donner des secours dont je ne pouvois plus me passer ; j'étois réduite par le sort, ou plutôt par un amour imprudent, à ne pouvoir subsister que par ses bienfaits. Le besoin le plus pressant l'emporta : j'abandonnai toutes mes prétentions à mon avide rivale, et elle sut bien s'en prévaloir. La vieille Propetide, en quel état elle me renvoyoit mon amant ! Il m'apportoit, avec l'odeur de ses sales embrassemens, les pâles étincelles d'un feu qu'il ne pouvoit plus rallumer, pour avoir été forcé de l'éteindre dans les bras de la laideur même et parmi les glaces de la vieillesse. Mais, dans cet état, qu'il m'étoit encore cher ! Si je n'en pouvois rien exiger, j'avois du moins la consolation de penser que le bien dont il me privoit malgré lui, il ne le dissipoit ailleurs que pour me procurer le plus nécessaire. Ainsi, ce qu'il m'ôtoit avec tant de peine étoit pure générosité de sa part ; il falloit lui tenir compte de mes propres pertes. J'étois bien sûre que Palestre ne possédoit que la figure, et que toutes les intentions étoient pour moi seule : foible compensation sans doute de la réalité, pour une femme dont la jeunesse demandoit beaucoup plus que des intentions. Au reste, quand je songeois aux mauvais momens que mon seul intérêt lui faisoit passer, je le plaignois bien plus que moi. Je ne souffrois que de mes besoins ; lui, dévoré des mêmes désirs, étoit encore accablé d'un amour qui faisoit continuellement son supplice. Toute cruelle qu'étoit cette situation, la nécessité plus cruelle encore nous l'auroit fait supporter au moins quelque temps. Mais on se voyoit tous les jours, et cette vue, en nous rappelant toutes les douceurs que nous perdions, irritoit de plus en plus notre désespoir. Ajax étoit languissant, comme un arbrisseau transplanté dans un terroir ennemi : je séchois comme une plante à qui le tranchant du fer a ôté les sources de la vie en la séparant de sa racine. L'amour insensiblement devint le plus fort, et fit taire tout autre intérêt. Ajax fut moins complaisant pour Palestre, et les bienfaits de celle-ci diminuèrent à proportion. Tous les jours il lui retranchoit quelque chose, et chaque jour aussi je me ressentois du retranchement qu'elle étoit exacte à lui faire. Je profitois véritablement d'un autre côté, mais c'étoit toujours au prix de quelque sacrifice, dont l'incommodité se faisoit sentir. Une alternative si singulière ne pouvoit pas durer longtemps, et Palestre la termina tout d'un coup. Elle se lassa de n'avoir plus, à son tour, que ce que je voulois bien lui laisser; et l'avarice, enfin reprenant l'empire qu'elle avoit toujours eu sur toutes ses passions, lui ouvrit les yeux sur les brèches énormes qu'Ajax avoit faites à sa cassette. Elle le congédia brusquement : il vint se jeter dans mes bras, plus amoureux que jamais, mais fort indigent. C'étoit l'Amour tout nu que je recueillois. Nous crûmes avoir rompu les fers les plus insupportables du monde, et, détestant les dons de Palestre, dont il falloit bien nous passer, nous nous fîmes un plan de vie qui seroit charmant, si l'amour pouvoit suppléer à tout, tenir lieu de tout. La misère nous parut douce au commencement. Nous partagions un morceau de pain avec la plus sensible satisfaction. Rien n'égaloit le plaisir que nous ressentions à nous faire mutuellement de petits sacrifices sur nos plus pressans besoins. Un état si heureux pouvoit-il être durable? Nous le pensions follement, et nous ignorions que l'amour, enfant de l'abondance, est bientôt étouffé par la misère. Peu de temps après notre réunion, l'affreuse nécessité nous fit bien sentir le vide de ce tendre héroïsme qui n'est bon que dans nos *Milésiaques*. Je me vis forcée de rendre au public un sujet qu'une imbécile passion lui avoit dérobé trop longtemps, et je fis toutes les avances, comme il étoit juste de les faire. Heureusement elles ne furent point perdues. Le public n'est point irréconciliable : il me pardonna toutes les infidélités que je lui avois faites, et j'eus pour lui la grâce de la nouveauté. La multiplicité des amans ramena chez moi l'abondance. Je compris que le moyen de l'y conserver étoit de me défaire d'Ajax, et je m'en détachai peu à peu. Nous avions tous deux usé l'amour tant que nous avions pu : il me prévint, il prit son parti, et, ne pouvant plus tenir à Smyrne, il passa dans l'île d'Eubée. Je recouvrai par là toute ma liberté, bien résolue de ne plus regarder l'amour que comme l'écueil de ma fortune et l'ennemi de mon repos. Cette aventure m'affermit, du moins pendant plusieurs années, dans un parfait éloignement pour toute affaire de cœur, et je vis impunément tout ce que la jeunesse de Smyrne et des villes voisines avoit de plus aimable. Mais, dans le temps que je me croyois le plus à l'abri des coups de l'amour, il me gardoit un dernier trait, contre lequel je me trouvai sans défense.

Je vous ai quelquefois parlé de Damasippe, et je vous ai raconté les obligations que j'avois à ce solide ami. Malgré toute sa prudence, il fut l'instrument d'une aventure humiliante dont je ne dois pas ici m'épargner la honte.

Damasippe (il faut vous rappeler son portrait), sans prendre le nom de Philosophe, sans faire ouvertement profession de philosophie, étoit de l'ancienne secte de Thalès. Il vivoit presque obscur à Smyrne, avec un patrimoine honnête qu'il n'avoit jamais altéré, et qu'il ne cherchoit point à grossir. Il étoit dans ce point de maturité où les femmes, pour être heureuses, devroient se choisir des amans : c'étoit l'âge qui suit la jeunesse, cette bouillante et folle jeunesse qu'on aime tant avec ses défauts, et dont il n'avoit conservé que les agrémens. Damasippe, plus soigneux de lui-même qu'il sembloit n'appartenir à sa profession, étoit toujours vêtu proprement, sans luxe, sans affectation, sans recherche. Il ne pouvoit souffrir cette négligence qui ne rend pas la philosophie aimable, et dont pourtant nos philosophes se parent. Il pensoit que la plus sévère sagesse ne pouvoit dispenser personne de se rendre agréable à la société, et d'accommoder son extérieur au goût des hommes avec qui l'on est obligé de vivre. Avec toutes les qualités qui forment le sage, il n'étoit pas exempt de certaines foiblesses. Il vint, un jour, me voir secrètement, et il prit dans un assez court entretien un goût très particulier pour moi. Je goûtai beaucoup aussi son esprit, et je l'invitai à perdre chez moi les momens dont il pourroit être embarrassé. Il profita de cette ouverture, et ses visites furent fréquentes. Je m'accoutumai à le voir, à le distinguer de la foule et à le regarder d'un autre œil que tout ce qui m'environnoit. Il se forma bientôt entre nous une liaison, fondée de ma part sur une véritable estime, et où il entroit de la sienne autant d'amour qu'il en falloit pour le rendre plus intéressant. Je trouvois en lui cette politesse du cœur si différente de la nôtre, qui, tout extérieure, n'est plus qu'une pure dérision, une perfidie autorisée. Damasippe devint pour moi un ami de toutes les heures : il me donnoit d'utiles avis et me conseilloit sur toutes mes affaires. Il avoit aussi toute ma confiance, et nous en vînmes insensiblement à ne pouvoir plus nous passer l'un de l'autre.

Vous êtes peut-être curieuses de savoir comment un philosophe vit avec une personne de notre ordre? Ce fut d'abord l'envie de connoître une femme dont l'éducation n'avoit point été négligée, et d'adoucir par le commerce des grâces l'austérité de la philosophie, qui amena chez moi Damasippe, comme Socrate alloit chez Aspasie. Mais, entre personnes de différens sexes, le commerce de l'esprit est bien languissant sans un peu de sensualité. Je ne crois non plus à l'amour des âmes qu'à toutes les autres rêveries du divin Platon. Ces sages prétendus, dont on vante l'amitié pour certaines femmes d'un mérite extraordinaire, étoient des statues en public, et des hommes en particulier. Il est bien rare qu'entre les deux sexes l'amitié subsiste bien pure, sans s'écarter un peu des bornes. Quelquefois ce sentiment précède l'amour, et souvent il lui succède, mais il lui sert presque toujours de voile, et sûrement ne l'exclut jamais. Le défaut des qualités aimables et le sérieux de l'âge ne suffisent pas pour bannir l'amour des liaisons même les plus graves : car les mêmes passions qui s'éteignent par l'habitude, à l'égard des objets faits pour être aimés, s'allument aussi par l'habitude à l'égard des autres, et vous savez qu'elle adoucit jusqu'à la laideur. Vous comprenez donc que Damasippe quittoit de temps en temps avec moi le personnage de Socrate pour prendre celui d'Aristippe.

S'il appartient aux philosophes de spiritualiser les plaisirs, ils peuvent bien humaniser la sagesse. J'étois extrêmement attachée à lui presque sans passion, je veux dire, sans éprouver cet état violent qu'on appelle amour, et qui a bien autant d'amertume que de douceur. Mais mon philosophe étoit vraiment amoureux, et qu'il entendoit bien l'art d'aimer! Les heures couloient avec lui comme des momens. Au reste, il savoit mêler, dans nos entretiens, à la galanterie délicate, à la fleur même des agrémens, je ne sais quoi de solide et de lumineux qui m'accoutumoit à penser. Le fond de ces entretiens n'avoit rien d'austère : c'étoit plutôt l'enjouement tout pur; mais la raison les assaisonnoit et venoit leur servir de pointe. Un philosophe gai n'est pas une espèce commune. Mon professeur de gaieté (comme il s'étoit nommé lui-même) ornoit tous les jours mon esprit, en feignant de l'amuser seulement; son esprit sembloit passer dans le mien; j'en avois du moins avec lui plus qu'avec tous les autres hommes. Il développoit, il étendoit mes idées; mon imagination se montoit, pour ainsi dire, au ton de la sienne : elle s'embellissoit et se produisoit sans effort. Enfin, comme on voit la lumière et la chaleur couler d'une même source, il éclairoit mon intelligence, il excitoit mes perceptions; et la pensée juste et réfléchie sous la forme du sentiment, le sentiment délicat et fin sous l'air de la naïveté, l'expression facile et légère, sans apprêt comme sans recherche, venoient se placer dans ma bouche.

Mais je vous ai promis, ce me semble, un autre incident de ma vie, et je m'amuse à jeter des fleurs sur le tombeau d'un ami qui n'est plus : achevons le récit de mes aventures. Damasippe, un jour, voulut éprouver s'il avoit réussi à me rendre solide, ou si j'étois capable de retomber dans les travers que vous avez vus. Cette épreuve me coûta cher et ne fut pas heureuse pour lui.

Pamphus, de Colophon, excellent joueur de flûte, et plus célèbre encore par sa beauté, fut mandé à Smyrne pour la célébration des fêtes de Cybèle. Il parut plusieurs jours en public, et fit presque autant de conquêtes que le concours attira de spectatrices. Mais, comme il ne trouvoit partout que lui-même qui fût digne de ses regards, il vit d'un œil indifférent les beautés de Smyrne, n'en fut que plus vain et s'en aima davantage. C'étoit la première fois qu'il venoit à Smyrne ; mais, cette ville, au gré de son amour-propre, n'ayant rien qui pût l'arrêter au delà du séjour qu'avoit exigé son emploi, il se disposoit à partir, lorsque Damasippe sut l'engager à me voir. Il marqua peu d'empressement pour cette visite, et il ne parut céder à ses instances que pour se donner le plaisir d'humilier un peu mes charmes. Je ne m'attendois point du tout à une pareille entrevue. Damasippe s'étoit bien gardé de m'en prévenir ; et, quoiqu'on m'eût beaucoup parlé de Pamphus pour m'inspirer la curiosité de le voir, sa fatuité, dont on m'avoit instruite en même temps, suffisoit pour la réprimer. Nous n'avons point de rivales aussi dangereuses que ces mignons de la nature qui veulent usurper sur nous l'empire de la beauté.

Aussitôt que Pamphus parut, je fus frappée de sa figure, et je rougis plus d'une fois de dépit de voir, à ce qu'il me sembloit, mes appas effacés par les siens. Mais je ne sentis qu'augmenter encore mon mépris pour toute sa personne, et sa vanité me l'auroit bien enlaidi, si j'avois pu démentir mes yeux. Pamphus, de son côté, me vit, comme il avoit vu toutes les femmes de Smyrne, avec une distraction insultante, dont certainement je fus offensée, mais qui n'empêcha point mes regards de s'attacher malgré moi sur lui. « Qu'il est beau ! disois-je en moi-même. Il est bien en droit de dédaigner de foibles appas qui sans doute doivent céder aux siens. » Sa visite, qui fut assez courte, se passa de cette manière. Jamais peut-être il ne fut si fat, ou n'affecta tant de l'être. Il me déplut extrêmement, ou je crus le trouver beaucoup moins aimable. Il avoit fait tout ce qu'il falloit pour déplaire; mais j'étois déjà trop piquée pour qu'il me fût indifférent.

Nous nous revîmes le lendemain au portique d'Homère, où le hasard nous fit rencontrer ensemble. Pamphus me démêla, vint à moi, et, en m'abordant, il n'oublia rien pour me confirmer dans la mauvaise opinion que j'avois conçue de lui dès la veille. Il fut plus ridicule encore que la première fois, et je le trouvai, l'examinant mieux, encore plus charmant. Je ne sais s'il s'apercevoit déjà de l'effet de ses charmes et de ma foiblesse : il abusoit bien, en tout cas, de ses avantages, et il redoubloit à tout moment de fatuité. Il m'offrit de me remener chez moi : je n'acceptai ni ne refusai, et il me suivit plutôt qu'il ne m'accompagna. Il voulut se reposer un moment : ce fut le prétexte d'une nouvelle scène plus outrageante que la première. Il siffloit, au lieu de m'entretenir, ou ne détournoit pas les yeux d'un miroir qui se trouvoit par hasard à son point de vue. La scène fut ainsi quelque temps muette : il n'ouvrit la bouche que pour faire la satire de toutes les femmes de Smyrne, à laquelle il n'y eut pas la moindre exception. Il me faisoit mon portrait, sous l'idée d'une autre; et, quoiqu'il ne me peignît point en beau, je ne pouvois m'empêcher de me reconnoître. Il n'interrompoit ses impertinences que pour se remettre à siffler et reporter ses yeux au miroir. Il n'en falloit pas tant sans doute pour faire jeter par les fenêtres un plus honnête homme que lui; j'étois poussée à bout, quand son propre ennui l'obligea de faire cesser le mien, et me délivra de sa présence. Vous vous imaginez bien l'état où m'avoit mise ce délicieux tête-à-tête. « Quoi ! disois-je, venir exprès m'insulter chez moi ! Ne voir une femme adorée de toute la terre que pour lui marquer le plus piquant mépris ! Non, je ne le souffrirai plus. Fermons ma porte à ce brutal. Fuyons cet ennemi de mon sexe... Que dis-je ! il faut plutôt le voir pour l'humilier à son tour. Rendons-lui mépris pour mépris ; n'est-il pas bien digne des nôtres, et manque-t-il de ridicules pour n'oser l'accabler de mes railleries ? » Je formois ces résolutions, et sa vue me faisoit tout oublier. « Qu'ai-je fait de ma fierté ! me disois-je ensuite. Je vais donc devenir la fable de Smyrne ! Un jeune étourdi vient publiquement me braver jusque dans les lieux qui sont le théâtre de ma gloire ; il insulte impunément à mes charmes, et peu s'en faut que je ne cède aux siens ! » Ainsi l'amour, pour me séduire, empruntoit le secours de la vanité.

Pamphus, trois jours après, me fit demander un entretien. J'eus tout le temps de me parer, et je ne négligeai rien pour être aimable. Il me fit morfondre toute la journée à l'attendre inutilement, et je perdis toute ma dépense. Pour comble d'outrage, il eut soin de ne pas me laisser ignorer qu'il s'étoit arrêté sans objet chez une autre femme. Le jour suivant, comme pour réparer l'impolitesse de la veille, il vint me surprendre au lit. Je ne l'attendois pas; mais j'étois sous les armes pour recevoir un hiérophante, ou chef des prêtres de Diane, venu d'Éphèse exprès pour me voir. Vous savez que ces personnes sacrées, qui ont commerce avec les dieux, sont encore plus recherchées dans leurs plaisirs que les autres hommes. Ainsi vous jugez bien que mon déshabillé devoit être entendu. J'étois dans cette attitude voluptueuse où un homme, qui n'est pas de marbre et d'airain, ne voit guère impunément une jolie femme. Ma gorge étoit alors dans toute sa beauté, et j'en laissois voir justement ce qu'il en falloit pour faire envier le reste. L'émotion que me causoit la vue de Pamphus, en l'agitant, contribuoit encore à lui donner plus d'agrément. Des bras ornés de leur blancheur, arrondis par un juste embonpoint et jetés avec cette négligence dont l'art disparoît sous les grâces, appeloient encore la volupté. Une jambe d'albâtre, en s'échappant de dessous un voile de pourpre qui me servoit de couverture, montroit aux désirs errans la route fortunée des plaisirs. Ajoutez à tous ces avantages qu'une femme, même en les cachant, fait si bien valoir, cet air de fraîcheur si piquant que le sommeil répand toujours sur des attraits reposés; un teint et des yeux animés par la présence d'un objet aimable; enfin une extrême envie de plaire, qui ne réussit jamais mieux qu'avec ceux qui nous plaisent eux-mêmes beaucoup : voilà le tableau que l'Amour offrit à Pamphus et dont son insensibilité parut triompher pendant quelque temps. Il daignoit à peine m'apercevoir; et, s'il m'envisageoit un instant, c'étoit sans arrêter la vue, sans attention, comme par hasard, de l'air le plus libre et le plus dégagé. Ses regards sembloient tomber par pitié sur moi, ou ne s'échapper que pour me dire qu'il étoit à l'épreuve de mes charmes. Ce fut là que je sentis toute ma foiblesse. Les mouvemens qui devoient alors m'animer étoient le dépit et la fureur : j'étois furieuse, mais plus foible encore. Je voulus me lever avec précipitation : je retombai languissamment sur mon lit. Mes regards cherchoient malgré moi les siens. Comme il étoit assis près de moi, je lui pris la main : il la retira brusquement et avec cet air de dégoût qu'on a pour un objet qu'on craint de toucher.

Enfin, emportée par ma passion, plus enflammée par tout ce qui devoit l'éteindre, je lui passai mes bras au cou, en m'efforçant de l'attirer. Je sentis de la résistance; il détournoit même la tête et sembloit vouloir se débarrasser. Quelle foiblesse auroit pu tenir contre un procédé si glaçant? Hélas! je n'étois plus en état d'être fière : tout mon dépit cédoit à l'amour qui m'abattoit aux pieds du barbare; je n'étois plus forte que pour assurer son triomphe. Je le tenois étroitement serré dans mes bras : je sens les siens mollir peu à peu, et je reprends de nouvelles forces. Nos bouches, dans ce conflit, se rencontrent : un baiser brûlant, comme un trait de feu lancé par la volupté même, abat à son tour mon vainqueur. Toute sa fermeté l'abandonne, il se laisse mollement entraîner, il tombe avec moi sur le lit. Un nouveau genre de combat commence et finit, pour recommencer, finir et se ranimer. Nous mourons, nous revivons ensemble; et, plus forte, après ma défaite, je vois dans les beaux yeux de Pamphus l'amour languissant me céder tout l'honneur de la victoire. Quel moment, grands dieux! Qu'il me paya bien tous ces cruels momens que j'avois passés! Mais que je fus transportée au charmant aveu que me fit Pamphus, qu'il n'avoit trouvé que moi d'adorable à Smyrne; que me voir et brûler pour moi avoit été l'ouvrage du même instant; que ses mépris et ses dédains apparens n'étoient qu'un stratagème de son amour, et que les épreuves où il m'avoit mise lui avoient encore plus coûté qu'à moi !

Le prêtre éphésien vint se présenter à ma porte, qu'il trouva fermée pour lui et pour toute la terre. Ce jour m'étoit trop précieux pour en perdre un seul instant. J'oubliois tout et je m'oubliois moi-même. Pamphus scella de ses sermens une union qui devoit être éternelle. Il lui fut bien aisé de me persuader ce qui flattoit tant mon amour. Deux mois de séjour à Smyrne ne furent employés qu'à me donner tous les jours de nouveaux gages de sa tendresse. Je m'attachai plus à lui que je n'avois fait à aucun autre de mes amans, et l'expérience des maux que m'avoit faits l'amour ne fut point capable de vaincre un penchant plus fort que toute ma raison. Damasippe sut bientôt notre intelligence, et dès l'instant il cessa de me voir. Il ne crut pas devoir troubler un délire dont il n'attendoit la guérison que du temps; et, m'abandonnant à moi-même, il m'épargna, par son absence, toute la confusion que je méritois.

Je songeois pourtant quelquefois à lui : quelquefois je le comparois à Pamphus, et il sembloit le combattre encore dans mon cœur. « Quelle différence de mérite! disois-je dans mes momens de réflexion. Faut-il donc qu'un peu de jeunesse, que des avantages aussi frivoles que ceux qui m'ont séduite dans Pamphus, l'emportent sur tous les dons du cœur et de l'esprit! Faut-il qu'avec tant de raison d'estimer quelqu'un et de mépriser son rival, nos mouvemens soient si peu d'accord avec nos lumières, et qu'en nous tout conspire à les étouffer! » Souvent j'envisageois les suites de ce nouvel engagement, et, pour me justifier ma foiblesse, je croyois n'être attachée à Pamphus que par un goût aussi frivole que son objet, prête à l'oublier aussitôt que ma passion seroit émoussée. J'éprouvai bientôt le contraire. Pamphus, rappelé dans sa patrie, fut obligé de céder aux vœux de ses concitoyens. Il voyoit trop mon emportement pour oser m'annoncer son départ. Mille fois il m'avoit juré qu'il renonçoit à Colophon, et qu'il ne me quitteroit jamais. Il résolut donc de me cacher sa fuite, et ce fut encore Damasippe qui l'aida dans ce funeste projet. Je n'appris que j'avois perdu mon amant que quand le vaisseau qui emportoit le parjure fut en pleine mer et à plus de dix milles de Smyrne. Une lettre qui me fut rendue de sa part m'informoit de la nécessité du voyage, et me flattoit de l'espérance de le revoir bientôt dans mes bras. Vain espoir qui ne put jamais entrer dans mon cœur! Je connoissois trop les hommes pour m'y livrer. « Quoi! disois-je dans ma douleur, je suis la dupe d'un volage? Il suffit donc d'aimer pour faire des ingrats? Comment a-t-il pu tromper les yeux d'une amante? Mon amour sommeilloit-il, lorsque le perfide formoit le dessein de m'abandonner? » Je redemandois mon amant à tout ce qui m'environnoit; je le cherchois encore partout où je savois qu'il n'étoit plus. Son nom étoit toujours dans ma bouche. Mes pleurs couloient dès le matin, et, le soir, recommençoient à couler encore. Smyrne étoit devenue pour moi aussi déserte que l'île de Naxos.

Mon cher Pamphus n'y étoit plus : je n'y voyois plus rien, je m'y voyois seule, aussi abandonnée qu'Ariane. Tantôt je faisois sur le vaisseau de Pamphus plus d'imprécations que la sœur de Phèdre n'en fit sur celui de Thésée ; tantôt je voulois courir après l'inconstant et voler sur ses pas à Colophon.

Aussitôt que Damasippe apprit mes agitations et mon désespoir, il me revit, non pour m'accabler des reproches qu'il étoit en droit de me faire, mais pour travailler à ma guérison. Il ne me perdoit pas de vue, et je lui dus peu de temps après le salutaire oubli de Pamphus. Ce fut lui qui m'empêcha de perdre le peu de raison qui me restoit, qui me sauva de ma propre fureur; et, de toutes les obligations que j'ai à ce sage ami, celle-ci sans doute est la plus grande. Il faut avouer aussi qu'il fut bien la dupe de l'épreuve à laquelle il mit ma vertu, et que toute sa philosophie fut déconcertée. S'il voulut bien m'accueillir après le naufrage, sa main m'avoit poussée contre l'écueil; il falloit bien qu'elle me secourût.

Cet amour infortuné fut le dernier bouillon de ces passions tumultueuses qui ont de temps en temps agité ma vie : c'étoit où devoient se briser les flots orageux de ma jeunesse. Un calme inaltérable a succédé dans mon cœur; il fait le bonheur de mes jours.

J'ai vu depuis ma réputation égaler celle d'Aspasie. J'ai formé la plus grande partie des jeunes gens de Smyrne. Ménandre, autrefois si décrié par son ivrognerie et par ses débauches, ne doit qu'à moi seule son changement. Pamphile, qui, sous des traits ingénus, sous tous les dehors que peuvent donner la naissance et l'éducation, sembloit ne cacher qu'un vil esclave, Pamphile m'a l'obligation d'être aujourd'hui le plus honnête homme de Smyrne.

Vous ne devineriez pas la façon dont je guéris l'avare Néarque du plus ridicule des vices. Il me venoit voir quelquefois, et, malgré sa condition et son opulence, il me payoit à peu près comme un matelot paye une femme de son rang. Je rougissois de sa mesquinerie, mais je souffrois par considération. Un jour, je m'avisai de me travestir, et, m'étant fait annoncer chez lui pour un jeune étranger qui voyageoit, je lui fis demander un entretien. Il me reçut, sans soupçonner qui j'étois. Ma visite faite, je me retirai, et, lui jetant une bourse pleine d'or : *C'est ainsi que je paye mes plaisirs,* dis-je fièrement, sans la vouloir reprendre. Néarque me reconnut, comprit la leçon et devint le plus magnifique de mes amans.

J'ai donc mieux servi ma patrie que toutes les prudes de Smyrne ensemble, et j'ai bien mérité la statue qu'un décret public m'a fait ériger. Occupée à former des sujets dignes d'orner un ordre dont

Smyrne tire aujourd'hui quelque lustre, je vois croître, sous mes yeux, d'aimables élèves, jeunes plantes que ma main cultive, et qui m'honorent encore plus que l'airain muet où le statuaire a si bien imprimé mes traits. C'est dans ces vivantes statues que je veux principalement qu'on me reconnoisse et qu'on me retrouve : Smyrne, après moi, m'y verra revivre. Du moins, en quittant le théâtre, je ne le laisserai point vide. Vous le remplirez agréablement, objets de mes plus tendres soins, vous, spirituelle Nicarette, et vous, touchante Damaris.

Je vous ai confié mes égaremens, profitez mieux de vos beaux jours. L'heureux âge, si vous saviez en connoître le prix! Hélas! ce n'est qu'aux dépens d'un bien qui nous échappe à chaque instant que nous apprenons l'art d'en jouir. Triste expérience, que tu coûtes cher! mais à quoi sers-tu? Vaux-tu jamais les biens que tu nous ravis? J'étois aimable, et qu'on me l'a dit de fois! Combien je me le suis dit moi-même! Pourquoi ne le suis-je plus? Je cherche en vain dans ce miroir ce teint, cette vivacité, cette fraîcheur, que mes soins avoient conservés bien au delà de mon printemps : les années qui m'emportent ont tout enlevé. Cette prunelle légère, éloquente, aussi mobile que ma pensée, et qui parloit plus d'un langage, est devenue muette : elle ne dit plus rien. Ils sont éteints, ces yeux autrefois si vifs, si tendres, si passionnés, comme je les voulois. Amour, indifférence, fierté, dédain, dépit, épanchement, fausse joie, ennui réel ou concerté, j'y peignois tous les mouvemens de mon cœur, tous ceux de mon imagination... Mais qu'aperçois-je sur mon front? Une ride, ô dieux! Quoi! déjà des rides? Est-il possible, fils de Vénus?... Non : la nature assurément ne m'a point encore fait un pareil outrage, c'est le miroir qui me défigure. Examinons mieux... Hélas! en vain je me flatte, ce cruel miroir ne sait point flatter. Plus je cherche à tromper mes yeux, plus il m'offre distinctement ce que je craignois tant de voir. Tendre Cypris, à qui j'ai voué mes jours, tu jouis d'une jeunesse éternelle; et ta cliente, à quarante ans, ta cliente est convaincue de vieillesse! C'en est donc fait : tu as vécu, Psaphion! Malheureuse! et j'ai trop vécu d'un jour. Qu'on m'ôte ce miroir qui me désespère; défaisons-nous de ce censeur importun; délivrons nos yeux d'un témoin dont je ne puis soutenir les reproches. Inutile meuble, va loin de moi, passe en d'autres mains! Tu ne saurois me rendre ce que j'ai perdu : je ne vois plus ce que j'étois, et je ne puis voir sans effroi ce que je suis, ce que je vais devenir...

Mais que je suis déraisonnable! Est-ce à toi que je dois m'en prendre de la fidélité de ton témoignage et de l'injure des ans? Voyons-nous plutôt, voyons-nous sans cesse. Ne perdons point de vue ce reste d'attraits que le temps se hâte de moissonner. Appliquons-nous à découvrir les ravages qu'il fait chez nous chaque jour, afin de réparer nos ruines. L'Art sait corriger la Nature, et c'est à mon âge qu'une femme habile doit recommencer à vivre et à plaire.

LES HOMMES

DE

PROMÉTHÉE

Vous savez, mon cher Théodecte, que c'est à Syracuse, où le sage Didyme exerçoit l'art divin d'Esculape, que j'ai puisé dans ma jeunesse les sublimes connoissances de la médecine. Phlégon, fils d'Aristile, et moi, nous étions les plus assidus de ses disciples. Un jour, il nous choisit pour l'accompagner au promontoire de Plemmyrium, où il vouloit chercher des simples. Après avoir fait le tour de ce cap, qui est vis-à-vis la petite île d'Ortygie, nous nous arrêtâmes à considérer les restes d'un temple de Junon, bâti sur le bord de la mer. Didyme, en nous montrant ces augustes ruines, nous faisoit remarquer la solidité de l'édifice, qui sembloit céder à regret aux efforts du temps; l'élégante simplicité de l'architecture et les belles proportions des colonnes. En parcourant l'intérieur, Phlégon et moi, nous vîmes un grand morceau de peinture, qui attira notre attention, mais dont nous ne pûmes expliquer le sujet. Nous eûmes recours au docte vieillard. Il étoit courbé sur une pièce de marbre, où l'on avoit tracé quelques caractères qu'il s'efforçoit de déchiffrer. Mais plus les lumières de son esprit s'augmentoient avec ses années, plus celles du corps s'affoiblissoient. « Enfans, dit-il, s'adressant à nous, j'ai besoin ici de vos yeux : les miens refusent de servir ma curiosité. » Nous eûmes assez de peine à lire l'inscription : elle étoit conçue en langue grecque, mais en caractères puniciens assez mal formés, et elle portoit ces mots : *Le pirate Actor, pour obtenir une heureuse navigation, consacre à Junon, dont il emporte la statue, cette base de marbre, poids inutile, qui ne feroit que surcharger son vaisseau.* Didyme ne put s'empêcher de sourire de cette plaisanterie sacrilège ; mais, s'étant aperçu que nous l'observions, il reprit aussitôt son sérieux. Nous allâmes au morceau de peinture : il reconnut la main de Pannénus[1], et, en nous en détaillant les beautés, il déceloit tant d'intelligence et de goût qu'il

1. Peintre athénien, frère de Phidias. Il excelloit dans l'expression.

y avoit lieu de lui appliquer ce que dit Ménechme de Sicyone, dans son histoire des célèbres artisans : « qu'il ne faut guère moins d'habileté pour sentir ainsi les belles choses que pour les produire. » Il ne se lassoit point d'admirer et de regretter ce beau monument, que le temps alloit consumer et qu'il avoit déjà beaucoup altéré.

Le sujet de cette peinture étoit la formation de l'homme et de la femme par Prométhée. Le fond du tableau étoit un grand paysage, où le peintre avoit rassemblé les scènes champêtres les plus riantes. On y distinguoit divers animaux. Le couple humain en occupoit le devant. Ces deux figures étoient toutes nues et d'une correction admirable. L'homme, avec un visage où brilloit toute la majesté de son sexe, sous des traits mâles et réguliers, avoit des membres déliés et nerveux, dont tous les muscles étoient prononcés, comme dans ces beaux groupes d'athlètes que vous voyez près de l'Achradine [1]. Il étoit de cette haute stature dont on représente les héros. La figure de la femme, un peu plus petite, se présentoit en face, dans une attitude propre à faire remarquer tous les avantages d'une excellente conformation. Si le peintre avoit employé toute la force de son pinceau pour caractériser notre sexe, il en avoit réservé tous les

1. C'étoit un quartier de Syracuse.

agrémens et toutes les finesses pour l'autre. Tout y étoit achevé, la tête, les bras, le sein, les moindres parties. Un bel ordre de membres, des contours purs, partout de la grâce et de la rondeur, une carnation qui sembloit avoir la chaleur et le sentiment qu'elle excitoit dans le spectateur, et sur laquelle on ne pouvoit guère arrêter impunément la vue : formez-vous de tout cela l'idée d'un tableau que je ne puis vous crayonner que bien foiblement. Ces figures se tenoient par la main, et les doigts délicats de la femme pressoient tendrement celle de l'homme. L'air de son visage ne peut se décrire : c'étoit un mélange piquant de pudeur, d'innocence et de timidité. Ses yeux à demi baissés paroissoient s'échapper avec un souris fin sur son image, que réfléchissoit un petit ruisseau. Je ne sais si ce miroir naturel n'étoit point un incident placé par le peintre pour faire entrevoir l'origine de l'amour-propre né avec nous. On voyoit un peu plus loin Prométhée tenant l'urne où il avoit renfermé le feu céleste qui venoit d'animer l'homme et la femme. Il contemploit son ouvrage avec complaisance : la joie, la surprise et l'admiration éclatoient dans ses avides regards.

Après avoir considéré cette peinture avec des yeux éclairés par ceux de Didyme, nous l'engageâmes à nous raconter ce que la tradition des poètes avoit pu fournir à Pannénus sur un sujet qui nous paroissoit stérile. Didyme, qui ne laissoit passer aucune occasion de nous instruire, nous fit asseoir à côté de lui parmi ces ruines, et il s'exprima de cette manière :

Jupiter, vainqueur des Titans, que l'injure faite à Saturne avoit moins armés contre lui que leur propre ambition, étoit bien affermi sur son trône et buvoit tranquillement le nectar que la main d'Hébé lui versoit sans cesse. Tout étoit calme dans l'Olympe, et les audacieux enfans de la terre, consumés par les foudres célestes ou enchaînés dans le Tartare, ne causoient plus d'alarmes aux immortels. Le reste des Titans échappés aux Dieux erroit tristement sur la terre, affligée de leur défaite et de sa solitude. Prométhée, l'un d'eux, promenant sa vue sur le sommet du mont Caucase, et de là découvrant au loin les fertiles et désertes contrées de l'Asie : « Eh ! quoi donc ! parce que les Titans ont voulu conquérir les cieux, la terre restera-t-elle inhabitée ? Si l'Olympe est le séjour des divinités, doit-elle être le partage des vils animaux ? Essayons de venger son injure. N'entreprenons plus d'escalader le ciel, mais devenons rivaux des Dieux ; imitons leur puissance et leurs œuvres ; donnons des habitans au monde. » Il dit, et conçut l'idée de l'homme. Aussitôt, prenant une terre vierge, une argile pure, il modela, d'après les Dieux mêmes, ce chef-d'œuvre inconcevable, dont la structure n'est pas moins étonnante à nos yeux que celle du vaste univers. L'argile, docile sous ses doigts, tantôt devient compacte et solide pour former les os qui servent de base et de soutien à toute la machine; tantôt, devenue souple et fibreuse, vient servir de matière aux muscles, aux nerfs, aux tendons; tantôt s'étend comme l'écorce des arbres et forme ce tissu merveilleux qui couvre ou revêt tout le corps humain. Enfin elle se transforme en mille manières, comme l'eau dont on arrose un arbuste, toute simple qu'elle est de sa nature, se change en diverses substances et se métamorphose successivement en feuilles, en fleurs et en fruits. On dit que l'ingénieux fils de Japet détrempa cette terre molle et spongieuse, destinée à être matière du cerveau, du cœur et du foie, avec différentes humeurs qu'il sut extraire des animaux, et que c'est la source des passions humaines. Quand Prométhée eut mis la dernière main à son ouvrage, il prit le reste de la terre qu'il avoit toute préparée, ne fit que la broyer un peu pour la subtiliser davantage, et forma la femme, véritable copie de l'homme, faite pour la symétrie et pour le contraste, toujours discordante et née pour l'accord. Imaginez-vous un couple fort ressemblant et très dissemblable, deux êtres opposés et faits l'un pour l'autre, deux amis toujours brouillés ensemble, deux ennemis toujours en termes d'accommodement : tels, en effet, l'homme et la femme sortirent des mains de Prométhée, tels ils sont encore.

Ces deux figures, beaucoup plus parfaites que les plus excellentes statues d'Alcamène ou de Phidias, étoient inanimées comme le marbre et l'airain; il étoit question de leur inspirer le sentiment, la vie et le mouvement.

Prométhée reconnut alors combien sa puissance et son industrie étoient inférieures au pouvoir des Dieux, et il conçut un dessein digne d'un Titan : ce fut d'aller jusque dans le ciel dérober une portion du feu vivifiant, qui est l'âme de l'univers. Il trouva le moyen d'entrer dans le sanctuaire immortel où ce feu céleste est en dépôt, et, avec ce précieux larcin, il revint au pied du mont Caucase. Là, comme un habile statuaire imprime en quelque sorte la vie au bronze en le réparant au sortir de la fonte, tel Prométhée, en approchant le feu divin de ces deux masses de terre, soudain les anime et les rend vivantes. On les voit se mouvoir d'elles-mêmes et prendre diverses attitudes. Déjà le sang coule dans leurs veines et teint toute leur chair d'une couleur vive; leurs yeux s'ouvrent et brillent du feu qui vient de passer dans leur substance, toute leur âme est peinte sur leur visage et les sensations se manifestent.

Mais transportons-nous sur la scène : considérons

ces deux automates dans l'instant qu'ils passent du néant à l'être. Prêtons-leur des expressions pour produire les idées que font naître en eux les divers objets qui frappent leurs sens. Faisons-les, pour ainsi dire, penser tout haut, et voyons leurs perceptions se develòpper.

Éblouis par la lumière qui les environne, à peine ils ont assuré leurs foibles paupières que leurs premiers regards tombent sur eux-mêmes. Bientôt ils sont entraînés sur d'autres objets. L'azur éclatant d'un ciel sans nuages, le cristal d'une onde pure et aussi transparente que l'air, l'émail des prairies, le vert des campagnes, celui des forêts ; toutes ces couleurs que la Nature semble assortir et varier pour le seul plaisir de la vue, tour à tour enchantent leurs yeux, y entrent agréablement et sans confusion, et, dilatant leurs tendres membranes, y tracent leurs douces images. L'univers semble, en ce moment, sortir exprès pour eux du chaos. On diroit que tout vient d'éclore en même temps, le spectacle et les spectateurs.

Mais déjà leurs regards sont-ils épuisés sur cette magnifique scène ? Quel attrait les ramène à chaque instant sur eux-mêmes ? Ils se contemplent avec une curiosité bien plus vive et avec un secret intérêt. Le plaisir qu'ils ont à se voir n'est plus borné à l'impression de la vue. Leurs âmes ont passé dans leurs yeux : c'est là qu'elles se montrent et se communiquent. Le sentiment supplée à l'intelligence; elles s'entendent, sans se connoître, et la Nature est l'interprète de leur langage. Les perceptions que les autres objets ont produites n'ont laissé dans leur cerveau que de légères traces; celles qu'excite réciproquement leur présence agitent leur imagination et la développent.

« D'où viens-je? où suis-je? s'écrie la femme (car il faut bien lui déférer l'honneur de rompre le silence). N'étois-je point, il y a un instant? Qui tout à coup m'a donné l'être et le sentiment de mon existence? Vous que je vois seul ici tout semblable à moi, aidez-moi à démêler tout ce que je sens. » L'homme, dont les oreilles, étonnées déjà du chant des oiseaux, éprouvent un nouveau sentiment qu'il ne comprend pas davantage, frappé par une voix plus intéressante, passe de surprise en surprise. « Qu'entends-je? s'écrie-t-il à son tour. Quels sons ont pénétré mon oreille, et de là se sont portés à mon cœur? Que de douceurs ils ont fait couler dans mon âme! Je vous dois une nouvelle vie, moitié de mon être, en qui je respire: car, aux mouvemens que vous m'inspirez, au pouvoir que vous exercez sur mes sens, vous ne pouvez être qu'une partie de moi-même. » Aussitôt il s'approche, lui prend la main, et, pressant l'ivoire de ses doigts : « Ah! que sens-je? continue-t-il. Quel charme encore est attaché à ce que je touche! La blancheur et le poli de cette peau excitent dans la mienne un sentiment délicieux. Elle lui communique une douce chaleur qui me pénètre, entre dans mes veines et m'enflamme. » Leur étonnement renaît ainsi sans cesse des diverses propriétés qu'ils découvrent successivement en eux-mêmes; mais il va faire place à l'instinct qui leur en prescrira l'usage. Ils marchent, et s'avancent dans le vallon, d'où l'œil de Prométhée les observe. La femme, instruite de sa foiblesse par l'appui de l'homme qui affermit ses pas, s'abandonne à sa conduite. Ils traversent un champ que Flore avoit paré de tous ses dons. L'éclat des fleurs ne fait qu'amuser leurs yeux; mais le doux parfum qu'elles exhalent saisit fortement leur odorat, et principalement celui de la femme. Des abeilles avoient déposé des rayons de miel entre un laurier-rose et un myrte : l'odeur de l'ambroisie terrestre n'échappe point à la finesse de son organe; un vif sentiment la démêle. Déjà l'or de cette manne liquide a séduit ses yeux, et bientôt ses yeux la convient à faire l'essai d'une sensation qu'elle ignore. Elle prend un de ces rayons, y trempe son doigt, le porte à sa bouche, et, flattée par la douceur du nectar de Flore, elle presse l'homme d'en goûter. A peine l'agréable suc a touché ses lèvres qu'il veut dévorer les rayons : excité par l'exemple de sa compagne, il en mange et s'en rassasie. Ce dernier sentiment, dont l'expérience est due à l'heureuse curiosité de la femme, leur paroît encore plus piquant que tous ceux qu'ils ont éprouvés. L'effet de ce léger repas est prompt : les vapeurs du miel font couler dans les libres canaux de leurs veines un baume qui les assoupit. Le sommeil les surprend, au pied du myrte sous lequel ils étoient couchés. L'homme s'éveille le premier, et se trouve dans les bras de sa chère compagne. Elle s'étoit attachée à lui, comme la vigne se lie à l'ormeau. C'est dans ce charmant point de vue qu'il va la considérer avec plus de goût. Mais sur quels appas fixera-t-il ses avides regards? Chacun excite en lui un désir particulier. Deux globes de marbre plus blancs, plus polis, que le plus beau marbre de Paros, et semblables à deux agneaux bondissans, l'intéressent par leur agréable mobilité. Ses yeux, ses mains, sa bouche, semblent tour à tour s'en disputer la possession. De longs cheveux blonds, qui tombent par boucles, ondoient mollement sur son sein ; et que le sommeil l'embellit encore! Ses joues, qu'il détrempe légèrement, sans les faire enfler, du suc le plus pur de ses pavots, sont animées d'un doux vermillon qui se confond avec la fraîcheur de ses lis. Son nez n'est point trop ouvert et respire néanmoins librement. Ses lèvres, telles qu'un bouton de rose dans l'instant qu'il s'épanouit, bordent délicatement sa belle bouche, et sa bouche entr'ouverte laisse apercevoir un rang de perles enchâssées dans le plus vif corail. Telle la mère du genre humain s'offre au premier homme. C'est par tant d'attraits, divin Prométhée, que tu jetas les fondemens de la propagation et que tu sus en assurer la perpétuité. L'instinct, si puissant dans les animaux, la nécessité même et les désirs naturels ne suffisoient pas pour ce grand dessein. Tu voulus nous faire une douce violence, et les agrémens prodigués au sexe sont moins le chef-d'œuvre de tes mains que de ta profonde intelligence. Cependant la Nature, appliquée à diriger dans ses voies ces premiers hommes, se hâte d'achever l'ouvrage de leur industrieux artisan. Elle-même chante leur hyménée : ils passent de délices en délices, des bras de Morphée dans ceux de l'Amour. « O Dieux ! quelle félicité ! s'écrie l'épouse avec transport. Quoi ! la source de tous nos biens réside en nous-mêmes ? Nos besoins mêmes font nos plaisirs : ils sont attachés à nos sens ; chaque partie de nous a les siens !...

— Ah ! chère moitié de moi-même, interrompt le père des hommes, le sentiment que je viens d'éprouver renferme lui seul tous les autres. J'ai admiré l'éclat du soleil, la sérénité du jour enchantoit ma vue ; mais tes yeux sont plus beaux encore, un de tes regards m'enivre de mille douceurs. Les fleurs de ces champs, leurs vives couleurs, faisoient le charme de mes yeux; celles de ton teint les effacent toutes. J'ai respiré agréablement l'odeur de la rose et du myrte; ton haleine est encore plus douce. J'ai entendu l'harmonieux rossignol, la tendre fauvette, ils ne charmoient que mon oreille : le son de ta voix retentit jusque dans mon cœur, je le sens couler dans mes veines. J'ai goûté la douceur du miel, et celui que j'ai sucé sur tes lèvres est mille fois plus délicieux... Mais quelle langueur m'enchaîne encore! Toute ma force est-elle sortie de moi? Avons-nous fait un échange de nos âmes? Est-ce ta foiblesse que je sens? Ne m'aurois-tu donné qu'à ce prix les plaisirs que j'ai goûtés dans tes bras? Ah! je le vois trop, tu reprends les droits que tu semblois m'avoir cédés. La beauté, qui fait ton partage, t'assure à jamais l'empire sur moi, et toujours elle triomphera de la force. »

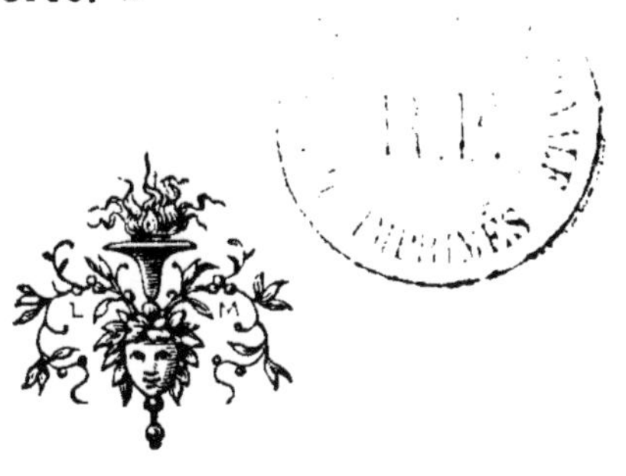

Imprimé par Jouaust et Sigaux

POUR LA COLLECTION

DES CHEFS-D'ŒUVRE INCONNUS

Août 1884

Imp. Jouaust et Sigaux.

www.ingramcontent.com/pod-product-compliance
Ingram Content Group UK Ltd.
Pitfield, Milton Keynes, MK11 3LW, UK
UKHW020932180726
13838UKWH00002B/906

9 782329 345376